學戰都市Asterisk

17. 六花團圓

三屋咲悠

illustration:okiura

「胡說八道…………！」

「你覺得束縛了你的事物，
對我們而言卻是聯繫……！
——正因如此，我要完成自己的任務！」

現在有機會。
即使必須支付代價，但依然值得。
只要能贏得這場比賽，什麼代價都拿去吧。
「盛開吧——」

「——好久不見，尤莉絲。」
聲音聽起來十分懷念，卻又耳熟能詳。
尤莉絲頓時睜開眼睛，只見——

「綾斗，你好像還是一樣特別會擅闖啊？」

第一章 最終決戰・一 005

第二章 最終決戰・二 024

第三章 最終決戰・三 054

第四章 最終決戰・四 096

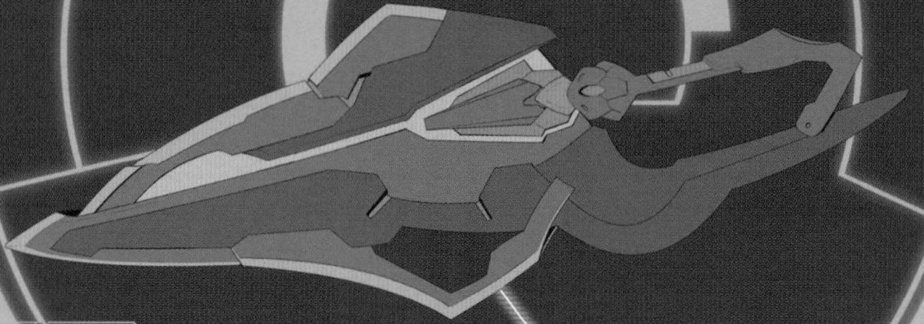

第五章 夢境的結束 122

第六章 全新的日子 163

終章 217

contents

三屋咲悠
illustration:okiura
學戰都市
ASTERISK
17. 六花團圓

彩頁、正文插圖 • okiura

第一章　最終決戰・一

引誘敵人至幾乎貼身的距離，以毫釐之差躲過砸下的巨大槌子。然後遙手中的刀劍型煌式武裝一閃。

身體分家的變異戰體頹然倒下。但是接二連三湧現新的變異戰體，跨越掉落在地上的殘骸。

「哎……究竟有多少啊。」

這座小型飛艇起降場位於Asterisk中央商業區，距離大馬路不遠。此處用途甚廣，包括起降觀光用遊艇，往來機場與湖岸都市，或是物流運輸。但目前已經有大半爆炸起火，遭到破壞。

大批自律式擬形體——變異戰體突然出現在城市中，並且大肆破壞。

為了處理其他事情而正好在附近的遙，急忙趕往該處處理，但人手實在不夠。與遙組隊的其他警備隊員幾乎都去幫助傷患，或是引導民眾避難。至少在支援抵達之前，得靠遙獨自擋住大批變異戰體。原因很簡單，遙雖然還是新人，但她的戰鬥力是全隊最強的。

（幸好相較於恐攻規模，傷患似乎不多……）

變異戰體的目的似乎是破壞設施與交通機構，並未直接攻擊人。反過來說，所有變異戰體似乎共享排除目標。一旦有人試圖妨礙，四周的變異戰體就會一擁而上。

——就像現在這樣。

「真是的……『封鎖緘默』。」

感到不耐煩的遙嘴裡嘀咕。隨即憑空出現鎖鍊，纏住逼近遙身後的變異戰體，封鎖其行動。遙的視線望向的彼端……眼見範圍的十架變異戰體，同樣由鎖鍊束縛。

趁封鎖變異戰體行動的期間，遙快速穿梭其中。下一瞬間，所有變異戰體接連爆炸散落。

天霧辰明流劍術奧傳——『修羅禽』。

變異戰體似乎可以啟動防禦力場。但是很不巧，被禁獄縛鎖抓住的目標，力量會受到封鎖。因此對遙而言沒什麼威脅性。

這時空間視窗突然開啟。

來自總部的強制通訊會直接在發給警備隊員的手機上開啟，不需要使用者接聽。

『天霧，報告現況。』

星獵警備隊隊長赫爾加・林多瓦爾出現在螢幕上。從她緊張的表情來看，可知情況已經刻不容緩。

「目前已經盡可能降低人員受害，但飛艇幾乎完蛋了。雖然還有一兩艘勉強能開……可是還要應付變異戰體，我們人手實在不夠。您那邊呢？」

『變異戰體同時在許多地方行動，各港口的泊船也大多遭到破壞。那幫人似乎想盡辦法也要破壞逃離 Asterisk 的方法。』

「……如果他們的目的是封鎖 Asterisk，接下來應該還有其他目的吧。」

『應該是。剛才我也聯絡了各座湖岸都市，那邊似乎也同樣爆發了恐攻。雖然規模不如我們，但應該暫時等不到援兵。如此為了以防萬一，我們必須盡可能確保逃脫方式與路線。一兩艘飛艇都很寶貴，總之盡可能死守，天霧。』

「呃，我盡量試試看……」

遙邊說邊揮舞光刃，斬斷身邊的變異戰體。

但是在爆炸的火光另一側，還有無數變異戰體的影子在晃動。

「可是數量實在多得離譜……如果除了這裡以外到處都有恐攻，看起來應該不只一千架變異戰體吧？」

光是遙剛才破壞的就有數十架。

要是其他地方也有如此大規模的集團，就可能不只之前聽說的一千架了。

『噢，關於這一點——』

『嗯，嗯，關於這一點就由我來說明吧！』

一名女性推開赫爾加，擠進空間視窗畫面內。她的聲音開朗快活，與目前的嚴肅氣氛不成正比。

「艾涅絲妲小姐……」

前幾天她願意主動提供情報，在警備隊總部出現過。當時雖然有一面之緣，但這還是第一次直接對話。聽說總部目前以保護與監視的名義扣留了她……

『如各位所知，我之前閒得發慌，因為機會難得，所以頻繁幫助他們——但是看過各位送來的資料後，發現裡面似乎混進了不是我開發的變異戰體呢。』

「這是什麼意思？」

『真要說的話，應該算是複製品吧。之前研發生產變異戰體時，是利用委託人提供的設施。我當然沒有將設計資料交給對方。即使有完成品，照理說也沒那麼容易複製。所以我猜他們大概洗腦了一些《雕刻派》的成員吧，喵哈哈。』

艾涅絲妲滿不在乎地哈哈笑。不過透過《瓦爾妲＝瓦歐斯》的力量，並非不可能。

『不過複製品畢竟比我親手打造的正版差了好幾截。最重要的是不耐用。看起來他們十分乾脆，打算用過即丟。即使置之不理，我想想……頂多只能活動幾十小時，就會自己報銷吧。』

「不好意思，我可沒辦法等這麼久！」

遙以能力產生的鎖鍊封鎖來襲的大量變異戰體，同時忍不住大喊。

『當然，妳說得完全正確。所以呢，就請收下我提供的禮物喵～』

「禮物……？」

就在這時候。

「哇哈哈哈哈哈哈哈哈哈哈哈哈哈哈哈哈哈哈哈哈哈哈哈哈哈！」

不知從何處傳來吵死人的放聲大笑，響徹四周。

「看我的——沃尼爾——巨槌——！」

突如其來的一團光衝到遙前方，打碎了直撲遙而來的眾多變異戰體。

「盧恩夏雷夫，『暴嵐裂破』模式——最大功率。」

緊接著無數光彈如暴雨般傾瀉而下，擋住了大批逐漸包圍遙的變異戰體。

「這是……」

兩架擬形體發出巨響，降落在啞口無言的遙面前站立。

一架是美麗的女性外型擬形體，外表與人類幾無二致。另一架大型擬形體光看外表，與變異戰體幾乎一模一樣——不過裝甲與全身紅黑色的變異戰體相反，呈現藍色與白色。

「哇哈哈哈哈！雖然缺乏自我很可憐，但他們顯然都是我的弟弟！毀掉他們的確很心疼，可是主人命令不可違，沒辦法！」

「是嗎？這些廢物和你長得一模一樣，又笨又無知還蠢到有剩。砸爛這群破銅爛鐵絲毫不會讓我心疼，反而還是很好的舒壓方式呢？」

「……拜託，至少妳也該感到良心的譴責吧。」

「我本來就沒有良心這種東西。」

他們的對話聽起來一點也不像擬形體，遙當然認識他們。

「呃……兩位是阿爾第與莉姆希小姐，沒錯吧？」

這兩架是阿勒坎特的自律式擬形體。以前曾與遙的弟弟綾斗，在《鳳凰星武祭》決賽爭奪冠軍。

「沒錯！」

「是的。我們依照主人的命令，前來幫助您。」

即使一邊回答，阿爾第與莉姆希依然沒有放鬆戒備四周。

從空間視窗再度傳來艾涅絲妲的聲音。

『沒有啦，其實剛才學生會長聯絡我。雖然我簡單解釋了一番，但是會長怒氣衝天呢。叫我盡可能協助警備隊，積攢證據證明我和這起事件無關。』

這樣很正常。

目前的情況對阿勒坎特極為不利。

艾涅絲妲的責任原本就會害阿勒坎特遭到嚴厲追究。身為學生會長，自然會想盡辦法找藉口撇清責任。

『所以請盡量使喚他們兩人喵～噢，我已經幫阿爾第更換了顏色不同的外部裝甲，以免與變異戰體混淆。不過光靠輪廓可能很難分辨，敬請注意喔。』

「……原來如此。那我就不客氣使喚他們兩人囉。阿爾第和我一起封鎖正門，阻止變異戰體繼續入侵！莉姆希小姐掃蕩這片區域內殘留的變異戰體！」

「哇哈哈哈哈！嗯，明白了！」

「遵命。」

既然等不到警備隊總部的援兵，只能靠目前手邊的戰力撐下去。

遙正準備帶著阿爾第前往正門時，赫爾加隔著縮小的空間視窗嘀咕。

『——對了，天霧。最後再說一件事。』

「嗯？」

『我聯絡不到他們。』

「……」

不用說，隊長說的『他們』是指綾斗等人。

遙以一隻手向阿爾第指揮目標後，停下腳步。

『剛才我聯絡到伊莎貝拉了。統合企業財團的高層已經進入天狼星巨蛋特別觀賞席附屬的安全室。那裡似乎沒有變異戰體肆虐，考慮到警衛多寡，那群人可能是目前Asterisk最安全的吧……好像連伊莎貝拉也聯絡不到他們。』

「是嗎……」

遙忍不住咬了咬下脣。

畢竟是自己最重要的弟弟，以及他的夥伴——雖然除了紗夜以外，遙與其他人還不熟，但大家都是好孩子。說真心話，現在很想立刻去確認他們平安與否。

當然遙有自己身為警備隊員的責任。況且甚至不知道綾斗等人目前在哪裡，以及在做什麼——

這時候，遙偶然發現手機收到簡訊。在執行任務時不會接個人的手機，所以遙才沒有確認。

寄件人是綾斗。時間是這場騷動發生前不久。

遙急忙打開手機一瞧，畫面上只顯示兩句簡短的訊息。

——除惡務盡，不必擔心。

「……呵呵！」

『怎麼了，天霧？』

見到遙突然從悶悶不樂的表情露出笑容，赫爾加訝異地皺眉。

「噢，不，沒什麼。」

遙急忙打圓場，隨後關閉空間視窗。

真是的，綾斗這兩句話就像最強的定心丸呢。

沒錯。小時候弟弟總是亦步亦趨跟在自己身後，如今他已經完全獨立了。

正因如此，遙才會傳授他極傳。

綾斗表示會去除災難的源頭，不需要擔心。所以身為姊姊的義務，就是相信他並幫他加油。

「加油啊，綾斗。」

小聲嘀咕後，遙拔腿追上阿爾第，完成自己應盡的責任。

＊

『不論是你，還是老子我，瓦爾妲，天霧綾斗，以及統合企業財團，這種爛世界的所有人都輸吧。沒有任何人是贏家，最好所有人都輸得一敗塗地，彼此扯後腿扯到底吧——這麼一來，老子我的心情才會爽快一點。』

狄路克像詛咒一樣罵完後，隨即關閉空間視窗。

「哎，他也真是麻煩人物。」

關鍵時刻遭到背叛的馬迪亞斯・梅薩，裝模作樣地嘆了一口氣。

在荒廢已久的《蝕武祭》會場遺址中，空虛地響起他一人的聲音。

「我還以為他會聰明一點，結果還是狗改不了吃什麼嗎？不過我也沒資格說別人，所以無意責怪他。」

「……你到底想怎樣？」

「嗯？你是指對他嗎？」

對於綾斗的質問，馬迪亞斯苦笑著搖頭。

「不怎麼樣，他的背叛是他大獲全勝。你們已經循線找到我和瓦爾妲，我也對他莫可奈何。真要說的話，我的確沒轍。」

說著，馬迪亞斯啟動《赤霞魔劍》。

現場的氣氛明顯變得格外緊繃。

「不過事到如今，你們當然也有責任，知道嗎？」

「……為什麼要扯到我們？」

聽到這句話，紗夜不滿地瞪向馬迪亞斯。

「是你們向警備隊揭發我以前的舞弊吧？害我不得不比預定計畫提早退出檯面。將計畫交給他全權指揮，最後才造成這種結果。」

聽說美奈兔提供她父親的日記，綾斗和遙看了日記，才開始追查馬迪亞斯的過去。這麼一來——即使受到狄路克利用並非本意——綾斗等人的行動也並非毫無意義。

「不過現在追究這些也無濟於事。況且我們的計畫尚未崩壞。只要現在除掉你們兩人，瓦爾妲打跑恩菲爾德小姐等人，一切就回到正軌……老實說，瓦爾妲那邊我比較不放心。她還是難免在最後關頭掉以輕心。根本原因可能在於她總是瞧不起我們吧。」

可以看出面具下的馬迪亞斯皺起眉頭。

「但那也只在瓦爾妲運氣不好的情況下。即使可惜也沒辦法。反正幾乎沒有影響到我的目的。」

「聽你的口氣，以及剛才《惡辣之王》那番話……你們難道另有目的嗎？利用《孤毒魔女》的力量毀滅這座都市，之後你們究竟追求什麼？」

即使不認為金枝篇同盟成員堅若磐石，但應該也不至於一盤散沙。畢竟他們瞞過所有人的耳目，耗費漫長歲月推動這麼大的計畫。即使有《瓦爾妲＝瓦歐斯》的力量，如果不夠團結應該很難成事。

「哦，原來你們沒查出來啊。不過事已至此，繼續隱瞞也沒有意義。你說得沒錯，我們三人的最終目標都不一樣。不過其實也沒什麼了不起。」

馬迪亞斯的身體逐漸充滿星辰力。

原本開啟的無數空間視窗跟著一一消失。

「讓奧菲莉亞小姐殺光這座都市的所有人。然後在瓦爾妲的力量煽動下，《星脈世代》至上主義者會一呼百應，在全世界引發恐攻。換句話說，徹底割裂《星脈世代》與普通人——到這裡是我們的共通目的。」

「！」

綾斗已經知道奧菲莉亞的事情，卻對恐攻一無所知，一瞬間身體僵硬。一旁也聽得出紗夜倒抽一口涼氣。

「然後純星煌式武裝《瓦爾妲＝瓦歐斯》渴望由《星脈世代》統治世界。她要挑起《星脈世代》與普通人分裂，最後引導前者獲勝。而狄路克・艾貝爾范……《惡辣之王》的目的你們剛才也聽到了。他要顛覆世界，讓目前的勝利者淪落成失敗者。具體目標應該是統合企業財團吧。他們可能早就有了下一步計畫，不過都和我無關。」

「……那你到底想做什麼？」

空間視窗一個又一個消失，最後剩下一個。

上頭顯示與奧菲莉亞對戰的尤莉絲。

「以前我沒回答過這個問題嗎？——就是加速啊！」

下一瞬間，馬迪亞斯的外表一晃。

「！」

神速斬擊。

對殺氣有反應的綾斗反射性拔劍，《黑爐魔劍》以毫釐之差擋住了《赤霞魔劍》。

（好快的速度……！而且好沉重！）

剛猛的衝擊力直達身體中央，綾斗站穩雙腳承受，同時咬緊牙根。

「哦，我剛才這一劍有點認真呢。年輕人的成長真讓人驚訝啊。」

剛才路上遭遇的帕希娃也強得離譜。可怕的是，連馬迪亞斯的速度與臂力都比以前更強。

不過其實早就預料到。

以前綾斗與遙聯手也打不贏馬迪亞斯。即使綾斗後來有自信提升了不少力量，馬迪亞斯的戰鬥能力依然全方面大幅領先綾斗。

（可是……還不及當時的尤莉絲！）

發動月華美人的尤莉絲自豪『接下來的十二秒之內——我將是世界最強』，實力完全不在同一個次元。

連綾斗的眼力都幾乎追不上她的速度。

剛才馬迪亞斯的速度或許接近尤莉絲的領域，但絕非跟不上。

如果沒有體會過尤莉絲的速度，剛才第一刀可能已經分出勝負了。

「不好意思，我和速度比你快的人交手過……！」

交鋒的綾斗卯足全力，試圖推回《赤霞魔劍》，但馬迪亞斯卻文風不動。

「原來如此，那場準決賽嗎……！不過！」

馬迪亞斯突然收劍，導致綾斗失去平衡。

（糟糕——！）

其實以前交手就知道，馬迪亞斯特別擅長擾亂對手的出招時機。
應該說馬迪亞斯沒有任何招式之型，所有動作都很難判斷。
再加上任何人一舉一動本來會帶有獨特的節拍或節奏，他卻完全沒有。
馬迪亞斯的臉上露出悠然的笑容，《赤霞魔劍》發出詭異的光芒。
糟糕，失去平衡之下不論怎麼躲，都難以完全躲開。
不過──
「轟轟──！」
「！」
原本要劈向綾斗脖子的《赤霞魔劍》，劍刃像跳舞一樣改變軌道，將從斜後方直撲而來的巨大光彈砍成兩半。
「……可別忘記我好嗎？」
「紗夜！」
舉起赫涅克萊姆的紗夜，開口挑釁馬迪亞斯。
綾斗也趁隙暫時拉開距離。面對可以遠距攻擊的《赤霞魔劍》，拉開距離本來不明智。可是目前綾斗還沒習慣馬迪亞斯的動作，近戰的風險反而更高。
原本以為再稍微觀察他的行動，親身體會，或許好歹可以勉強應付──

「我沒忘記妳，只是沒將妳放在眼裡罷了。」

馬迪亞斯斜眼一瞥紗夜後，隨意一揮《赤霞魔劍》。

「！」

深紅色光芒劃破空中，逼近紗夜。

這是高速發射的《赤霞魔劍》碎片。《赤霞魔劍》是四色魔劍之一，具備無法防禦的能力。使用者能自由分割，並操縱劍身。如果分割成埋藏在遙腹部內的最小單位，並且一起攻擊，威力堪稱劍刃雨。

紗夜立刻側身躲過。但是碎片就像一群紅色小魚，立刻調轉方向追在紗夜身後。穿梭在布滿瓦礫的場地內，紗夜衝上崩塌傾倒的巨大柱子躲避。《赤霞魔劍》的碎片卻始終在紗夜後方窮追不捨。

「你休想！」

剛才在危急時刻受到紗夜的幫忙。現在換綾斗幫助紗夜了。

綾斗立刻向《黑爐魔劍》注入星辰力，發動流星鬥技。伸長至十幾公尺的劍身橫掃整座場地。

至少吸引馬迪亞斯的注意力，追蹤紗夜的碎片應該會減緩速度。

「哈哈哈哈！別那麼著急，等一下我會好好照顧你的！」

馬迪亞斯跳起來躲過綾斗這一劍，手中的《赤霞魔劍》在空中朝綾斗一揮。原本分割後剩下一半左右的劍身同樣化為碎片，直撲綾斗。

「什麼!?」

分割的碎片竟然能分成兩群，而且還能分別操縱。

綾斗將《黑爐魔劍》恢復成原本的大小，同時朝後方翻滾，躲避從上空來襲的碎片。

碎片如同豪雨般刺穿地面，綾斗剛才站立的位置砸出許多坑洞。

隨著碎片落地的瞬間，迅速噴湧而出，撲向綾斗。

綾斗同樣反射性往後方一跳，勉強躲過，而貫穿場地地板的碎片多半像鼴鼠一樣，直接鑽過地面下前進。

如果徹底閃躲，速度倒不至於躲不過，但那是指綾斗而言。

再這樣下去——

「紗夜！」

心中閃過不好的預感，就在綾斗望向紗夜的瞬間。

「唔……！」

大群深紅的劍刃鎖定從柱子上方，往空中縱身一跳的紗夜。

紗夜立刻以手中的赫涅克萊姆代替護盾，勉強擋住直擊。

可是——即使紗夜的所有煌式武裝都有轉換大功率的防護力場，面對純星煌式武裝依然略遜一籌。

隨後赫涅克萊姆的核心爆炸起火，紗夜嬌小的身軀被爆風炸得老遠。

「紗夜——！」

第二章　最終決戰・二

『《王龍星武祭》決賽——比賽開始！』

機械聲音一宣布比賽開始，尤莉絲就瞬間集中星辰力，凝聚萬應素。

「盛開吧——鳳凰散炎彈！」

呼應尤莉絲的喊聲，火炎花瓣在她頭頂上綻放。然後轉眼間外型縮得像藺一樣——接著爆開。

像小石頭的小型火炎彈如豪雨般，三百六十度無死角傾注在整片舞臺上。

『先發制人的是里斯妃特選手！無數火炎如雨點般散落！』

『這應該是……以鳳仙花為主題的招式吧。那麼可以觀賞里斯妃特的能力進一步進化。』

『哦！怎麼說呢？』

『里斯妃特的能力是以火炎比擬花卉，在現實中重現。原則上主題局限於花卉。

雖然似乎有些例外，但可以確定看起來像花朵是能力限制。不過這是鳳仙花的蒴果──換句話說，是以果實爆開、彈飛種子為形象衍生的招式。主題從花卉變成了果實與種子，代表她的絕招會比以前更多采多姿。』

解說員札哈露拉的見解很正確。自從半準決賽──與武曉彗戰鬥後，尤莉絲實際感受到自己的能力大幅進步。

火炎霰彈朝全方位掃射了超過十秒。

沒有紗夜的超巨大煌式武裝，諾因菲亞德服那麼扯。不過這一招的攻擊範圍相當廣，要完全躲過是不可能的。

（話雖如此……）

等揚起的煙塵消散後，只見奧菲莉亞和剛才完全一樣站在原地。

『可是可是！蘭朵露芬選手卻毫不在意！』

『這是當然的。奧菲莉亞・蘭朵露芬的星辰力多到甚至能輾壓天霧綾斗。剛才那一招就像小雨一樣吧。』

尤莉絲當然心知肚明。

不，應該說在目前這個世界上，沒有人比尤莉絲更了解奧菲莉亞的力量。正因如此，才有必要一開幕就使用剛才那一招。

「……」

保持沉默的奧菲莉亞舉起《霸潰血鐮》後，萬應精晶發出詭異的光芒。

下一刻，尤莉絲突然被驚人重力壓垮。

「嗚、唔……！」

這一招重力攻擊的效果遍及整座舞臺，完全無處可躲。

原來如此，她以大範圍招式回應自己剛才的全範圍攻擊嗎。

『出現啦！《霸潰血鐮》毫不留情的輾壓級範圍攻擊！這一招連沙沙宮選手都逃不掉，難道這麼快就要分出勝負了嗎！』

重力球出現在奧菲莉亞身邊，明顯鎖定了尤莉絲。

尤莉絲依然在地面匍匐，當然無法防禦也無法躲避。

但即使痛苦地皺眉，尤莉絲依然露出無畏的微笑。

「！」

隨後新的火炎花瓣伴隨閃光，在奧菲莉亞的腳邊炸開。

當然這一招同樣完全無法傷到奧菲莉亞。

不過這樣就夠了。尤莉絲的目標不是傷到她。

「……!?」

被爆風炸飛的奧菲莉亞突然雙腿一軟，跪倒在地。

沒錯，《霸潰血鐮》有兩大弱點。其一是代價很大，另一項弱點則是使用者也難免受到影響。只有《霸潰血鐮》本體在強重力效果範圍內沒事，使用者無法免疫。代表即使指定整座舞臺都是重力攻擊的範圍，也必須在自己身邊預留安全地帶。所以只要將使用者趕出安全地帶即可。

剛才的爆炸就是為了將奧菲莉亞趕出安全地帶。

強如奧菲莉亞，在純星煌式武裝的功率下受到沉重壓力，應該也相當吃力。果不其然，她立刻解除了能力。

「綻放吧──極樂雛鳥輝翼！」

瞄準這個時機，尤莉絲立刻發動能力。

以火炎羽翼一口氣加速，瞄準依然失去平衡的奧菲莉亞胸前閃耀的校徽。擦身而過之際，左手的光劍一揮。

──不過這一劍在砍中之前被彈開。

『哎呀，真可惜！眼看就要砍中校徽，蘭朵露芬選手卻空手擋住了里斯妃特選手這一劍！』

緩緩起身的奧菲莉亞，絲毫沒有焦急的模樣。

剛才尤莉絲這一劍卯足了全力，完全衝著贏得比賽而揮。

當然，尤莉絲在這場比賽最重要的目的是爭取時間。她沒有忘記。

但尤莉絲也非常清楚，迎戰奧菲莉亞要爭取時間有多麼困難。如果靠半吊子的打帶跑戰術，一下子就會被逼到絕境。

必須抱持全力取勝的心態，才能發揮拖延戰術。

『不過剛才的爆炸是設置型的能力吧？她何時布下的啊？』

『可能是第一招撒出的火炎彈吧，應該是以此為媒介。從種子發芽的印象轉化為攻擊手段。』

『意思是里斯妃特選手已經預判到會這樣發展了嗎？』

『即使沒有預料到，肯定也當成對策的一環事先準備了。』

如此一來，至少奧菲莉亞很難再像剛才一樣發揮《霸潰血鐮》的能力。尤莉絲剛才散播的鳳凰散炎彈『種子』已經埋在舞臺各處。如果奧菲莉亞再度產生大範圍強重力地帶，有可能像剛才一樣自爆。

不論面對任何對手，奧菲莉亞都不手軟，也不曾鬆懈。

同時她也絕不勉強自己。

畢竟她的基礎力量足以輾壓任何人。沒必要刻意選擇有風險的戰術，靠其他手段也足以勝過對手——她應該是這麼想的。

（那就看我徹底凌駕一切吧……！）

尤莉絲下定決心後，再度凝聚星辰力。

「綻放吧——紅霞星見華！」

然後在尤莉絲頭頂上出現巨大的火炎百合，同樣炸開。

但這次並未散布火炎彈，只見細小發光的深紅色顆粒像霧氣一樣籠罩舞臺。雖然濃度不足以遮蔽視線，看起來卻像在太空中閃耀的群星。

「……」

奧菲莉亞僅略微一揚眉梢，隨即以制服袖口摀住口鼻，以免吸入顆粒——其實不用摀住，對人體也無害，但妳應該沒義務告訴我——並且小聲嘀咕。

「——化為塵土。」

從奧菲莉亞腳邊噴出瘴氣，凝聚成巨大的亡者手臂。

結果瀰漫在周圍的紅色顆粒像是被吸附一樣，附著在瘴氣手臂上。

『哦？紅色閃閃發光的東西貼在蘭朵露芬選手的瘴氣上了……札哈露拉小姐，請問這究竟是……？』

『唔……主題應該是花粉吧？』

不過奧菲莉亞完全不在乎。足以侵蝕任何碰觸物體的劇毒手臂，猛然抓向尤莉絲。

「綻放吧——六瓣爆焰花！」

尤莉絲也以招式反擊，但六瓣爆焰花原本的火力不足以對抗奧菲莉亞的能力。由於火力有差距，一般而言會受到壓制。

可是——

六瓣爆焰花直擊的瞬間發生大爆炸。呼嘯的爆風在舞臺上肆虐，響起震耳欲隆的轟鳴聲。

堪比巨樹的瘴氣手臂在尤莉絲眼前瓦解，燃燒殆盡。

『好、好驚人的火力！可是等等，不對，里斯妃特選手有威力這麼強的招式嗎？難道是準決賽使用過的那一招……？』

『……不，不對。剛才那應該是……助燃劑。』

她說對了。

紅霞星見華散布的紅色顆粒是助燃劑。當尤莉絲以外的人做萬應素變換，就會產生反應並附著其上，順著呼應尤莉絲的萬應素變換模式，提升招式的火力。即使不及月華美人，效果依然足以提升火力數倍。

「百合花粉一旦沾到就極難去除。以前我在那間溫室內，就因為紅色花粉沾在衣服上而苦惱呢。妳還記得嗎，奧菲莉亞？」

「……不知道，我早就忘記了。」

奧菲莉亞的回答聽起來很冷淡，尤莉絲卻聽出不對勁。

剛才她說謊，而且一目了然。

若是以前的她，不會隱瞞自己還記得，但依然會以徹底死心的語氣回絕。

可是她剛才卻說了謊。

尤莉絲不知道她發生了什麼變化。

即使不知道，但可以感覺到這樣並非壞事。

『嘩——！比賽剛開始，最強等級的《魔女》就展開激烈攻防！精采的程度果然符合決賽！』

『老實說，之前都太小看里斯妃特了。即使奧菲莉亞・蘭朵露芬強得爆表，現在的里斯妃特也是與席爾薇雅・琉奈海姆並駕齊驅的《魔女》。而且她的能力本來就剋制奧菲莉亞・蘭朵露芬。』

『剋制，是嗎？』

『處理毒物……尤其是化武，主要有兩種方式。第一是中和，第二則是燃燒——

換句話說就是燒光。操縱火炎的里斯妃特面對操縱瘴氣的奧菲莉亞・蘭朵露芬，從一開始就占有能力上的本質優勢。以前也有不少火炎系能力者迎戰過奧菲莉亞・蘭朵露芬，但是基礎火力差太遠，抵銷了剋制的優勢。不過里斯妃特以戰術與組合能力，填補了巨大的差距……說不定，說不定有機會呢。』

札哈露拉的聲音聽起來有點興奮。

雖然感謝她對自己的吹捧，但尤莉絲根本無暇顧及這些。

不論準備多麼周詳的戰術，都有可能在不利的戰局下失去意義。組合能力聽起來很美，可是需要步驟與時間。面對奧菲莉亞的一招，自己得累積兩三招才能與她交鋒，因此無論如何都會落入被動。

可是一如前述，如果堅持逃跑或堅守，只會虛耗戰力。必要時刻得冒著一點風險進攻，要讓奧菲莉亞同樣提高警戒，否則戰況會一面倒。當然在任何場面下，不能犯下任何失誤。

（簡直比走鋼索還危險……！）

不過尤莉絲不認為自己會輕易落敗。

最後關頭還有王牌——月華美人。

由於有時間限制，所以只能在最後關頭使用。但使用月華美人的尤莉絲足以輾壓綾斗，甚至達到范星露的領域。應該能對奧菲莉亞產生作用，雖然只有短短十二秒。

（綾斗拜託我爭取時間，但他沒具體說出究竟需要多久。可能因為他們也不知道需要多少時間才能達成任務。並且擔心時間耗盡的話，會對我造成負擔吧。）

因此綾斗只要求尤莉絲盡可能爭取時間，僅止於此。

《星武祭》比賽時間差別很大。有些比賽轉眼就分出勝負，也有比賽會拖很久。總而言之，團體戰《獅鷲星武祭》容易耗費更多時間。不過有趣的是，個人戰的《王龍星武祭》平均比賽時間較雙人戰的《鳳凰星武祭》更長。因為在《鳳凰星武祭》中，少了夥伴經常造成戰力失衡，一下子分出勝負。一對一的《王龍星武祭》則因為力量不分上下等因素，缺乏決定性的致勝條件。如果雙方都左躲右閃，或是選手擅長防禦，比賽時間甚至會超過一小時。

不過面對奧菲莉亞，要爭取一小時實在不切實際。

即使是一半——三十分鐘都極為困難。但如果目標不設定得高一點，就沒有意義了。

（好吧。看我爭取三十分鐘的時間……！）

「盛開吧——焦炎熱害華・多重開！」

尤莉絲同時產生五朵重瓣綻放的火炎花，繞到奧菲莉亞身後包圍。但是並未立刻展開攻擊。

「……」

另一方面，奧菲莉亞也瞄了四周一眼，依然沒有馬上還手。

『真是難得！蘭朵露芬選手選擇靜觀其變！』

果然沒錯。

『有道理。即使是《孤毒魔女》奧菲莉亞・蘭朵露芬，也得對並非自己產生的毒素提高警覺吧。』

『是啊，記得里斯妃特選手的招式，是讓武曉彗選手陷入困境的毒花吧！』

光靠單純的火力很難突破奧菲莉亞的防禦力。半吊子的招式甚至無法威脅她。

但如果有附加效果就另當別論。

焦炎熱害華的主題是具備強烈毒性的夾竹桃花。爆炸的同時會散布有毒的火炎。

奧菲莉亞操縱瘴氣毒性，也對瘴氣有抵抗力。但尤莉絲創造的毒素屬於未知事物，她應該不敢輕舉妄動。

「毒素可不是妳的專利，奧菲莉亞。」

「也對。雖然我從未以此自誇……不過這種牽制方式讓我稍微有點忌憚。」

奧菲莉亞嘀咕後，跟著創造五顆與焦炎熱害華幾乎一樣大的重力球，然後砸向包圍自己的火炎花。

「我早就料到妳會這樣了！」

尤莉絲搶先一步打響指，五朵焦炎熱害華立刻全部爆炸。反正與重力球相撞的話，只會因為威力差距而受到重力球吞噬。

帶有毒性的火星像飛散的雪花一樣，朝奧菲莉亞傾注而下。

（怎麼樣，這樣妳就無處可躲了吧……！）

由於火星飛散，毒素效果也跟著降低。但只要稍微削減奧菲莉亞的體力就夠了。

但奧菲莉亞僅稍微往上一瞥，神色自若地嘀咕。

「──狂飆呼嘯。」

隨後在奧菲莉亞身邊急速颳起瘴氣，化為強風吹散所有火星。

「嘖！果然沒那麼簡單嗎……！」

即使感到可惜，尤莉絲依然集中星辰力，準備使出下一招。

就在此時，奧菲莉亞的視線忽然筆直射向尤莉絲。

「……原來如此，雖然有點小聰明，但這也是一種力量。妳的命運的確增強了些呢。」

「剛才我已經說過了。這不是命運，而是實力。」

尤莉絲特地糾正奧菲莉亞。

「我剛才不是也說過嗎？對我而言都是一樣。那我就最後一次測試妳的力量吧。」

這句話聽得尤莉絲背脊發涼。

奧菲莉亞手中的《霸潰血鐮》，萬應精晶的凶惡紫色光芒愈來愈強，還發出痛苦的喘氣聲。

這是她在第五輪比賽使用過的那一招——

「——遍滿腐界。」

＊

「紗夜！妳沒事吧，紗夜!?」

從模糊意識的彼端傳來綾斗的聲音。

紗夜晃了晃小小的頭，試圖讓自己清醒。發現自己在不太寬廣的空間內，旁邊並排著老舊的長凳。站起來一瞧，發現可以俯瞰《蝕武祭》的舞臺，綾斗露出擔憂的神情仰望自己。

這裡好像是《蝕武祭》的觀眾席。赫涅克萊姆爆炸時，自己似乎被爆風炸飛到此處。

「我、我沒事……沒有大礙。」

雖然紗夜使勁豎起拇指，身體卻顯得有些踉蹌。不過剛才的爆炸中只受到這點傷，已經堪稱奇蹟了。如果挨了《赤霞魔劍》直擊，身體被砍碎都不足為奇。

見到赫涅克萊姆的殘骸散落在身旁，紗夜緊咬牙根。毫無疑問，因為有它代為承受那一擊，紗夜才能平安無事。

「！綾斗！危險！」

這時候，《赤霞魔劍》的碎片像流星雨一樣，冷不防撲向綾斗。

綾斗立刻跳開躲過，但與剛才攻擊紗夜的碎片會合後，大批碎片追在逃跑的綾斗身後。綾斗在舞臺上來回奔馳，好不容易才擺脫碎片。萬一被追上的話，根本撐不了太久。

紗夜也很想幫忙，可是自己手邊已經幾乎沒有武裝。即使還有手槍，但以手槍迎戰馬迪亞斯・梅薩太不切實際。懊悔的是，紗夜的實力遠遠不及他。如果武器萬全可能還有機會，現在強行出頭只會成為綾斗的絆腳石。

有沒有方法呢——如此思索的同時，紗夜環顧四周。然後在觀眾席的通道上發現了它。

「難道……!?」

紗夜急忙跑過去一瞧，果然沒錯。

那是——

「綾斗！是炸彈！還是軍用的萬應礦混合炸藥式！」

「什麼!?」

綾斗發出驚呼後，剛才還不慌不忙，站著控制《赤霞魔劍》的馬迪亞斯望向紗夜。

「哦，被妳發現了嗎。早知道的話，或許該做一點偽裝才對。」

炸彈的確整個裸露在外，而且隨意放置。

紗夜環顧一圈圍繞舞臺設置的觀眾席，發現總共有六顆相同的炸彈。

大小達到紗夜身高的一半，一顆就有相當強的威力。六顆炸彈的威力相乘的話，破壞力應該非同小可。

「你到底想怎樣，馬迪亞斯・梅薩！」

一邊躲避《赤霞魔劍》的碎片，綾斗同時質問。他的動作顯得有幾分從容，似乎逐漸看穿了平面斬擊。《赤霞魔劍》的碎片分割得愈細，就愈無法控制，攻擊難免不夠細膩。但是紗夜不可能在這麼短的時間學會看穿，所以還是該稱讚綾斗的才能。

「唔……你們可能不知道吧。這座《蝕武祭》的會場，其實有隱藏的任務。」

馬迪亞斯似乎也察覺到，將碎片召回手中後，結合成原本的大劍型。

「任務……？」

「你們都知道，Asterisk 這座都市是一座微縮庭園。用來管理《星脈世代》的所謂管理，當然也得準備發生萬一時的處理方法，對不對？」

處理。

這兩個字聽得人打冷顫。

「其實也不稀奇。從這座《蝕武祭》的舞臺結構考慮就能發現，當初設計 Asterisk 的時候就有這個地方。畢竟不可能事後才添加這麼大的空間，連大整修時都刻意跳過這個地方。難道你們以為這裡從一開始就設計用來舉辦《蝕武祭》──以非法對戰為賣點的競技場──的嗎？怎麼可能！從原本的用途來看，《蝕武祭》只是餘興節目。這裡是以防萬一的安全裝置……也就是開關。」

馬迪亞斯說得輕描淡寫。

「Asterisk 的地基結構以水上都市而言非常堅固。不會因為一點小事就晃動，但如果是預先設置的結構就另當別論。根據設計，如果此處遭到破壞而沉沒，會增加支撐 Asterisk 的基礎建築群負荷，最後瓦解。換句話說，整座都市都會沉入水底。」

「怎麼會……！」

雖然有點難以置信。但如果整座 Asterisk 崩塌，就算阻止奧菲莉亞也沒有意義。完全無法想像這會造成多少人員傷亡。

「不過當然沒有這麼簡單。這裡的牆面有好幾層結構，是 Asterisk 內最堅固的。必須精準同時破壞數個特定位置才行。否則怎麼會隨便在這裡舉辦《蝕武祭》這種危險活動呢？」

馬迪亞斯的口氣似乎帶有幾分嘲笑。

但是不知道他究竟在嘲笑誰。

「為什麼非得要做這種事……！只要依照你們的計畫，由《孤毒魔女》殺光群眾，沒必要破壞整座都市吧！」

「就算奧菲莉亞小姐貫徹始終，完成任務好了。萬一統合企業財團事後調查發現真相，不就前功盡棄了？探測系能力者似乎有人能追查過去。保險起見要隱藏證據。」

保險起見。

就為了這四個字，造成這麼大的犧牲嗎？

如今紗夜被迫了解，金枝篇同盟這幾人究竟有多麼瘋狂。

「——紗夜，能拆除嗎？」

「咦……？」

突然聽到綾斗的要求，紗夜吃了一驚。但隨即重新振作，嘗試調查炸彈。比起只使用炸藥的舊型炸彈，使用萬應礦的混合式炸彈威力更強。但是與煌式武裝一樣，需要控制裝置。所以只要改寫記憶形狀的程式，或許有機會拆除。

「不知道……但我試試看！」

紗夜掏出手機強制連接控制裝置後，立刻開始分析。

「拜託，以為我會坐視不管嗎？」

馬迪亞斯舉起《赤霞魔劍》，但綾斗立刻從上段一砍，阻止他出手攻擊。

「唔……！」

這一跨步比剛才犀利許多，連馬迪亞斯都不得不後退一步。

綾斗順勢從下段接橫掃，鋒利的劍刃閃閃發光。

「哦……！稍微跟得上我的動作了嗎……！畢竟這也是第三次和你交手了！不這樣怎麼行呢！」

說著馬迪亞斯暫時拉開距離，手置於肩膀上轉了轉脖子。

「好吧，同時對付兩人讓你趁虛而入也沒意思。等宰了你再收拾沙沙宮那丫頭吧。」

這一瞬間，從馬迪亞斯身上散發難以置信的殺氣。

連遠距離的紗夜都感受到強烈壓迫，彷彿五臟六腑被捏碎一樣。懼怕的感覺彷彿四周溫度一口氣降至冰點，沉重的壓力宛如空氣像鉛塊一樣沉重。連紗夜的手都在不知不覺中顫抖。

（這才是馬迪亞斯・梅薩的真本事……！）

那麼正面承受他散發殺氣的綾斗，究竟得面對多大的壓力呢。

不過紗夜略微搖搖頭，集中精神處理眼前的任務。

紗夜有自己的任務在身。

或許這才是自己跟來的意義。

那就得完美達成自己的任務。

紗夜啟動以前偷偷拜託英士郎弄來的破解工具——之前尋找芙蘿拉的時候，英士郎就在花街用過這玩意——開始改寫控制裝置。

＊

「天霧辰明流劍術奧傳──『罷牙蜂』！」

單靠一隻右手，綾斗以身體扭轉使出渾身力氣的刺擊。綾斗刻意避開要害，準確無比刺向他拿著《赤霞魔劍》的手。但馬迪亞斯不慌不忙架開。

「嘖……！」

綾斗也並未就此停手，直接改以左反手持被撥開的劍。身體轉一圈的同時跟著橫掃。

這是天霧辰明流劍術中傳『十毘薊』。

馬迪亞斯略微驚訝地揚起一邊眉毛，但僅有身體大大後仰，躲過這一劍。《黑爐魔劍》的劍尖明明掠過眼前，他卻絲毫不以為意。代表他早就看穿了這一劍。

而且他更從這種不穩定的姿勢，揮動《赤霞魔劍》往上一砍。

「！」

綾斗跨出去的右腳使勁，身體勉強側傾。巨大的大劍跟著輕易砍破綾斗的制服。

再加上馬迪亞斯的動作似乎不穩定，被大劍帶著跑。結果他身體用力一扭，又使出一記斜向的袈裟斬。

綾斗以上砍迎擊馬迪亞斯這一劍後，立刻轉手往下一劈。

「天霧辰明流劍術中傳──『刳裡殼』！」

「哎呀……！」

但馬迪亞斯側身躲過劍刃後，抬起左腳踹向綾斗的腹部。

「唔……！」

明明只是一腳，卻沉重得非比尋常。

綾斗甚至無法站穩腳步，一腳被踹飛，身體撞上一半崩塌的巨大柱子。

「噗哇！」

空氣被擠出肺部，一瞬間綾斗感到眼前一黑。

隨後《赤霞魔劍》的碎片衝過來。綾斗一滾身躲過後，面前的柱子完全被砍碎而崩塌。

「呼……呼……呼……」

調整呼吸的同時，綾斗迅速起身，舉起《黑爐魔劍》。

馬迪亞斯以開朗的聲音嘲笑綾斗。

「哈哈哈！以前遙也是這樣，你果然也用同一招。你剛才喊天霧辰明流吧？真沒意思。」

「你說什麼……！」

綾斗充滿怒氣地反問後，馬迪亞斯假惺惺地聳了聳肩。

「噢，你可別誤會。我承認你和遙很強，也不是瞧不起你們流派，我是覺得什麼劍術、劍技通通都很無聊。不論是天霧辰明流、刀藤流或其他流派。進一步說的話，就是試圖在打鬥中融入招式或型式的想法，實在愚蠢到家。」

馬迪亞斯彷彿抒發心中的怨言般，不吐不快。

「打鬥就是打敗對手，就這麼簡單。對手露出破綻就趁虛而入，沒有破綻就設法讓對手產生破綻。這不是很單純嗎？在我看來，什麼招式都只會窄化自己的行動幅度。」

即使這番大話讓人錯愕，但馬迪亞斯的力量的確足以支持他的理論。

不拘泥於型式，而且攻擊沒有破綻或冗餘——此為無形；還有讓對手完全無法預測的平靜動作——此為無拍子。馬迪亞斯可能已經完全精通這兩種堪稱武術的極致境界。

根據克勞蒂雅給的資料，馬迪亞斯似乎出身自地下戰鬥娛樂場，名叫《無限鬥技場》。從他小時候開始，足足過了八年天天戰鬥的日子。在成百上千場賭命比賽中磨練天賦，讓他學會了無形與無拍子。

在綾斗眼中，綺凜具備最高級的劍術才能。但馬迪亞斯是本質上的戰鬥天才，而且比綾斗遇過的任何人都更強。

「理論當然很重要，學習理論也是對的。可是我看不出拘泥於型式有什麼意義，簡直就像小孩子的家家酒一樣。雖然很符合這座醜陋的雜耍都市就是了……」

話說到這裡，馬迪亞斯突然縮短間距。

即使綾斗使用『識』之境地，馬迪亞斯的獨特步伐依然能讓綾斗判斷失準。

眼看脖子差一點分家，綾斗以《黑爐魔劍》擋住紅色的劍刃。

剛猛又沉重的劍擊，彷彿連《黑爐魔劍》一起壓扁。

「唔……！」

「所以我也評價過天霧辰明流的什麼極傳。那不是型式，而是純粹理論的招式吧？」

交鋒的同時，馬迪亞斯咧嘴一笑。

綾斗看準時機洩勁，轉守為攻。但馬迪亞斯並未失去平衡，再度揮舞《赤霞魔劍》。

互砍第二次，第三次之後，兩人才拉開距離。然後馬迪亞斯高傲地張開雙臂。

簡直在示意綾斗放馬過來。

（他在引誘我使出極傳嗎……行！）

綾斗決定接受他的挑釁。

即使目前勉強能應付他的動作，馬迪亞斯依然擁有壓倒性的優勢。畢竟他在任何方面都超越綾斗，所以綾斗無暇保留極傳這張王牌。

要說值得擔心的地方，就是《王龍星武祭》比賽中已經展現過兩項極傳。當然，極傳是天霧辰明流的最終奧義，不至於看一兩次就輕易破解。雖然『晦』被《碎星魔術師》勞德弗・佐波擋下，但那不算極傳被破解。應該說《黑爐魔劍》被破解，照理說別人無法模仿。

不過對手畢竟是馬迪亞斯・梅薩。既然他主動引誘自己出招，肯定有應對之道。

（可是我現在沒時間猶豫了……！）

在尤莉絲與奧菲莉亞的決賽結束之前，必須與他分出勝負。

綾斗閉上眼睛後，進一步深化『識』之境地，讓知覺更加敏銳。

這種狀態無法維持太久。但即使現在受到攻擊，也完全可以還擊。

『靜』的世界逐漸建立，浮現所有的『動』。

其中綾斗明確感受到馬迪亞斯的動作——的開端。

「天霧辰明流劍術極傳之一——『晦』。」

緩緩地。

綾斗的動作就像流動的水一樣，寂靜又絲滑。然後對馬迪亞斯使出一記完美的反擊——結果卻事與願違。

「什麼……!?」

這一劍居然在空無一物的空中被彈開，軌跡強行偏移。

驚訝的綾斗一睜眼，只見早已等待多時的馬迪亞斯一閃。手中的《赤霞魔劍》輕易撕裂了綾斗的右側腹。

「唔……！」

與其說疼痛，更像灼熱在身體流竄，可以感覺到溫暖的鮮血湧出。

綾斗勉強往後一跳拉開距離，卻痛得直接單膝跪地。即使反射性側身躲過致命傷，剛才這一劍卻砍得很深。

不，更重要的是。

「剛才那是……！」

空蕩蕩的空中不可能彈開劍。

定睛一瞧，綾斗才發現《赤霞魔劍》的碎片發出紅光閃耀，飄浮在馬迪亞斯身邊。綾斗發動攻擊的瞬間，的確感受到碎片凝聚在一起。

換句話說──

「哦，一劍就發現了啊。真了不起。」

馬迪亞斯摸摸下巴。他這句話似乎並非諷刺，而是真的感到佩服。

「……自動防禦嗎？」

「真是明察秋毫，你說對了。《赤霞魔劍》的碎片飄浮在我身邊，它們會反應我的思考聚集在一起，立刻形成刀刃自動防禦攻擊。」

『晦』是百分之百的後發先至招式。但始終建立在比對手的動作快一步之上。沒辦法應付對手的思考。而且《赤霞魔劍》會自動在空間中形成，因此很難鑽過劍刃砍中他。

「《赤霞魔劍》的平面斬擊由於十分殘忍，才會屢受矚目。但如果由對的人使用，本來是相當優秀的劍。不僅可以像現在一樣用來防禦，還能設計多采多姿的攻擊方式。比方說像這樣……」

馬迪亞斯一揮《赤霞魔劍》，巨大劍身隨即化為細小碎片，呈現圓頂型重重包圍綾斗四周。數量少說也超過一百個。

「……！」

由於啟動速度整齊又迅疾，連綾斗都完全躲不過。不，就算知道這一招，也沒什麼方法應對。即使綾斗逃跑躲避包圍網，馬迪亞斯只要讓碎片繞一大圈從背後追上，再縮小包圍網即可。

「如你所知，《赤霞魔劍》的碎片愈細小就愈難控制。所以平面斬擊必須將碎片凝聚成一定大小再砍向對手。但只要稍微放大碎片的尺寸，即使無法精密控制，也可以個別操縱移動方向。」

聽到馬迪亞斯這番話，冷汗滑過綾斗的背脊。

包圍攻擊本身並不稀奇。

熟練的《魔女》或《魔術師》也可以運用能力，使出這種攻擊。

但如果是純星煌式武裝，威脅度頓時三級跳。

普通攻擊可以靠綾斗豐富的星辰力含量，減輕一定程度的傷害。但面對純星煌式武裝卻行不通。萬一是斬擊、突刺就更難防禦。

「看你如何熬過這一招？」

隨後，圍繞在身邊的碎片一口氣攻擊綾斗。

包含上空，全方位無死角的高速包圍網同時直撲綾斗。而且每一塊碎片都帶有純星煌式武裝的破壞力。

綾斗立刻調整『識』之境地的範圍與濃度，集中精神。

「天霧辰明流劍術極傳之二——『伶』。」

卯足全力的綾斗，上下左右揮舞《黑爐魔劍》，彈開《赤霞魔劍》的碎片。

揮舞的劍速再怎麼快，當然跟不上來自全方位的同時攻擊。

不過——

「哦……！」

馬迪亞斯再一次——這次更加讚嘆地大喊。

「真是不得了！竟然以彈開的碎片擋住其他碎片，進一步命中其他碎片加以防禦……！簡直堪稱神技！」

這種防身招式得靠『識』之境地的極限，以及『伶』的精密半自動躲避動作才做得到。

只是當然不可能擋住所有碎片。

紅色風暴呼嘯後，氣喘吁吁的綾斗勉強站在原地。但他的身上已經留下無數撕裂與砍刺的傷口。

即使勉強躲過要害，其他受傷的部分卻開始噴血。

「嗚……！」

「原來如此，原來如此。真了不起，佩服佩服。」

馬迪亞斯面露笑容表示，依然揮動《赤霞魔劍》。

然後《赤霞魔劍》的碎片像剛才一樣，再度包圍綾斗。

「即使不算完整，但似乎有一定的效果。那我就不需要特地改變方法，只要不厭其煩使出同一招即可。對不對？」

說得理所當然的馬迪亞斯一笑。

「看看——你還能再撐幾次？」

第三章　最終決戰・三

「——遍滿腐界。」

奧菲莉亞低喃的瞬間，瘴氣巨樹立刻出現在舞臺上的各處。

『噢——！這是蘭朵露芬選手第五回比賽打贏《大博士》希兒妲・珍・羅蘭茲的那一招……！』

（是奧菲莉亞的能力，加上《霸潰血鐮》能力的大絕招……！）

尤莉絲以極樂鳥燈翼逃往空中。不過這一招當然沒這麼容易躲過。只見即將壓扁尤莉絲的巨樹接二連三出現，有的聳立，也有的傾斜。

『簡直就像在舞臺上重現遠古的巨樹密林！每一棵巨樹都少說超過二十公尺吧！而且接二連三不斷出現！』

連力量與奧菲莉亞不相上下的《大博士》希兒妲都熬不過這一招。不過尤莉絲已經見過一次，早就準備了對策。

「綻放吧！」

尤莉絲號令一出，舞臺地面便接二連三爆炸。

一口氣引爆了比賽剛開始，事先設置的鳳凰散炎彈種子。

當然一點爆炸還不足以撼動巨樹。不過剛才已經散布了紅霞星見華的花粉助燃劑，應該會大幅提升種子的爆炸威力。

況且目標並非像剛才一樣，要燒光整棵瘴氣巨樹。巨樹終究是從地面長出來的，所以只要燒掉樹根……

「很好……！」

逼近尤莉絲的巨樹從根部折斷，層層交疊紛紛倒塌。

但並非所有巨樹都倒下。即使靠助燃劑增加火力，蘭朵露芬的力量原本就大得超乎常理，一兩次爆炸不足以炸斷部分巨樹的樹根。數棵巨樹像撞球桿打撞球一樣撲向尤莉絲。

「唔……！」

數量比尤莉絲預料中更多。

尤莉絲揮動火焰羽翼，盤旋在舞臺上空同時勉強躲避。不過巨樹擦過身旁的次數多到一隻手數不過來。奧菲莉亞的攻擊一旦擦到身體就足以要命，持續躲避這種攻擊對身體與精神造成很大的負擔。

全靠準備與戰術奏效，尤莉絲才能勉強躲過——其實只占了一半。另外倒塌的巨樹壓在一起，阻礙了新巨樹的氣勢與生長——換句話說，還有一半是靠運氣。

「呼……呼……！」

不過尤莉絲還是勉強熬過攻勢。

巨樹不再胡亂冒出後，蓋住整座舞臺的巨樹逐漸分解為瘴氣。

「綻放吧——大輪爆耀華！」

尤莉絲從空中將煌式遠距引導武裝插在地上，即時發動設置型的能力——燒光所有瀰漫的瘴氣，然後才落地。

『熬、熬過啦！里斯妃特選手熬過了蘭朵露芬選手的大絕招！』

『不過很勉強就是了。如果再來一次的話，她大概沒辦法吧。』

先不論有沒有辦法，但札哈露拉說得沒錯，應該相當困難。而奧菲莉亞很有可能會再來一次。

尤莉絲再度發動紅霞星見華，散布剛才消耗殆盡的助燃劑。

畢竟得盡可能做好準備。

「……」

可是出乎意料，奧菲莉亞默默凝視尤莉絲，微微嘆了一口氣。

「哎……是嗎？好吧，我承認。」

「哦？意思是妳終於稍微承認我的實力了？」

「沒錯。」

尤莉絲只是隨口答腔，想不到她會給予肯定，因此感到有點驚訝。

「……真是光榮。」

「所以我接下來也要全力以赴。」

「！」

這句宣告聽得尤莉絲睜大眼睛。

「呵……想不到妳也會虛張聲勢。難道妳要承認以前都在放水？」

因為這是不可能的。

不論面對任何對手，奧菲莉亞都從未大意，一開始就全力以赴。

「不，我不可能放水。只是——我無法使出真正的全力。」

說著，奧菲莉亞輕撫右手《霸潰血鐮》的萬應精晶。她的手勢平靜又穩重，乍看之下十分慈祥，其實不然，動作依然只有悲嘆與放棄。仔細一瞧，《霸潰血鐮》似乎也明白這一點，正喀噠喀噠地微弱震動。

然後。

『嘰咿咿咿咿咿咿咿咿咿咿咿咿咿咿咿咿咿咿咿咿咿咿咿咿咿咿咿咿咿咿！』

舞臺上突然響起充滿痛苦的尖叫。

可以看出龐大的瘴氣正從奧菲莉亞的手，注入《霸潰血鐮》的核心。如此大量的毒素，若是人類應該會瞬間死亡。

萬應精晶半瘋狂地閃爍紫色的光芒，照亮舞臺。臨終的慘叫持續了一段時間，不久後連同核心的光芒緩緩減弱……最後消失。《霸潰血鐮》就此完全停止功能。

然後奧菲莉亞隨手一丟《霸潰血鐮》。武裝發出清脆的聲響，滾落在舞臺上。

『咦……？啊？啊——!?這、這是怎麼回事？蘭朵露芬選手竟然親自破壞了自己使用的《霸潰血鐮》！』

「……妳到底想怎樣，奧菲莉亞。」

尤莉絲瞪著奧菲莉亞質問，奧菲莉亞則筆直注視尤莉絲的視線，同時回答。

「妳應該也知道吧？我的瘴氣太強，甚至會侵蝕自己的身體。所以狄路克・艾貝爾范利用藥物壓抑，盡可能稍微控制瘴氣。」

「嗯，當然知道。」

「但如果要完全執行計畫，需要我使出真正的全力。在藥物壓抑的狀態下並非不能執行，但我的瘴氣就很難傳遍整座 Asterisk。這可能讓許多人生還，所以很久以前就不再注射藥物了。」

奧菲莉亞說得一副事不關己的模樣。

「可是在執行計畫前，我如果自滅就得不償失。那究竟該怎麼做——」

「！」

聽到這裡，尤莉絲終於理解。

「原來如此……《霸潰血鐮》算是限制器嗎？」

為何明明擁有輾壓性的力量，奧菲莉亞還要使用《霸潰血鐮》這種新的力量。其實相反，純星煌式武裝當成武器只是附加的。從頭到尾只需要讓《霸潰血鐮》特地吸收毒血，減弱奧菲莉亞的力量。

「……」

奧菲莉亞僅微微點頭回應。

「希兒妲・珍・羅蘭茲曾經評論，我和《霸潰血鐮》是最差的組合……其實相反。為了讓我能在任意時間發揮全力，那孩子是最佳的調整開關。」

說話的同時，奧菲莉亞從身體釋放的龐大星辰力依然在轉變成萬應素，並且在她身邊產生瘴氣。

「這、這是……！」

告知危險的警報已經以最大音量在尤莉絲腦海中響起。

在本能驅使下，尤莉絲縱身往後一跳，拉開距離。

『啊……？這、這是什麼……？奧菲莉亞・蘭朵露芬的力量正在暴增……？不，可是這股力量……實在不是人類能控制的……』

札哈露拉的聲音帶有困惑。

再加上。

『咦!?噢，噢，是、是的……！呃，各位觀眾，非常非常不好意思！雖然決賽還在進行，不過要向各位宣布緊急新聞！目前整座Asterisk似乎正發生大規模恐攻！六花施政廳與星獵警備隊總部已經發布強制避難命令，要求居民與訪客進入建築物內！』

「恐攻……!?」

聽到驚人的消息，尤莉絲忍不住環顧四周。

剛才觀眾還陷入狂熱的沸騰情緒，但是在短暫茫然的空白後，開始此起彼落地傳出不安與混亂。

到處都有觀眾掏出手機開啟空間視窗，在連鎖效應下亮光愈來愈多。視窗可能顯示了會場外的慘狀。

尤莉絲不知道受害情況怎樣，但強制避難命令是由六花施政廳與星獵警備隊發布，效力大於一切。不難想像已經發生相當嚴重的慘況。

『呃，這個，目前待在建築物內最安全。所以蒞臨這座天狼星巨蛋的各位觀眾，敬請冷靜——』

糟糕。

這樣會引發慌亂。

就算轉播員說天狼星巨蛋內較安全，可是會場聚集了這麼多觀眾。肯定有不少人不這麼想，或是發現更多真相。一旦這些人產生混亂，轉眼之內就會擴散，並且愈演愈烈。

會場內擠了超過十萬名觀眾。如果發生大規模混亂，不知道會造成多少犧牲者……

「——化為塵土。」

可是這一剎那，會場瞬間一片寂靜。

奧菲莉亞產生的瘴氣手臂——巨大與凶惡程度遠遠超越之前。駭人的景象，輾壓級的力量讓全場觀眾目不轉睛。

絕對的凶惡暴力，毫不留情抓住眾人的視線與內心。

而且手臂不只一隻而已。

每隔幾秒就多一隻，現在已經有五隻、六隻——

『哈……哈哈哈……哈哈哈哈哈！厲害！實在是太厲害了！奧菲莉亞・蘭朵露芬！《孤毒魔女》！想不到，想不到她這然這麼可怕！』

這時候，札哈露拉充滿喜悅的笑聲響徹會場。

『札、札哈露拉小姐……？』

『梁瀨咪子，剛才的通知完全沒有提到決賽吧？』

『咦？噢，沒錯，的確沒有提到……』

『那麼比賽當然要繼續，反正已經無所謂了。管他什麼恐攻，反正與我無關。現在最重要的是，我一秒鐘都不想錯過眼前的比賽！』

見到札哈露拉說得斬釘截鐵，咪子似乎無言以對，一句話都說不出來。

『所有觀眾都聽好，想逃跑的人就儘管逃吧。但你們是為了什麼才來這裡的？不就是來看決定誰最強的《王龍星武祭》？這場決賽還是《星武祭》史上最強的大賽。

那就睜大你們的眼睛仔細看清楚。眼前的奇蹟精采到你們無聊的一生中再也不會有第二次。至少我絕對不會離開這裡，不論下雨或是下長槍。就算這座天狼星巨蛋炸飛也一樣！』

說真的，她這番話簡直是瘋了。

但她的熱情可是貨真價實。

所以熱情像漣漪一樣傳達給觀眾，掩蓋了不安與困惑，並且讓觀眾的情緒比剛才更加沸騰。

此起彼落的議論聲化為零星的歡呼。

開始四處響起的歡呼聲結合起來，變成震耳欲聾的吶喊。

盛大的歡呼伴隨大吼、尖叫與嚎叫，淹沒了整座天狼星巨蛋。

「拜託，連觀眾都一起瘋了嗎……」

事到如今，尤莉絲只能苦笑。

「……去吧。」

即使並未受到歡呼聲激勵，奧菲莉亞依然輕輕一揮右手。

比地獄惡魔更加凶惡的瘴氣手臂，瞄準尤莉絲直撲而下。

「綻放吧——吞龍咬焰花！」

尤莉絲釋放火焰花龍，進一步利用煌式遠距引導武裝加速後迎擊。

再加上花粉助燃劑的效果，威力能達到平時的將近十倍。

但是這一擊只擋住一隻瘴氣手臂，眼看第二隻、第三隻手臂撲過來要壓扁尤莉絲。

「什麼!?」

而且速度比之前更快。

（這、這樣……再怎麼躲……！都無法完全躲過——！）

尤莉絲靠極樂雛鳥輝翼在舞臺上滑翔，但利用加速輔助能力依然輕易被追上。

反覆急加速、急減速、急迴旋嘗試逃跑，也只能爭取很短的時間。

轉眼間尤莉絲就被逼到舞臺邊緣，已經無處可逃。

隨後瘴氣手臂既沒有裝腔作勢，也毫不猶豫地像海嘯一樣直撲而來。

『哎呀——！里斯妃特選手萬事休矣！比賽要分出勝負了嗎!?』

『——不，還沒完！』

札哈露拉的聲音毫不掩飾期待。

……事到如今，沒辦法。

尤莉絲放棄掙扎，閉起眼睛。

看來自己只能幫到這裡了。其實很想再爭取一點時間……再多個五分鐘也好。但是這樣下去只會白白遭到擊敗，那就沒有意義了。

所以雖然對不住綾斗等人——但接下來的戰鬥是屬於尤莉絲自己的。

「開花吧——月華美人。」

下一瞬間，尤莉絲睜眼的同時連續釋放出超大六瓣爆焰花。推開了所有瘴氣手臂，並且燃燒殆盡。

薔薇色的秀髮變成藍白色，尤莉絲彷彿整個身體都在燃燒，散發出火焰。

『出、出現啦！輾壓天霧綾斗選手的大絕招！』

從觀眾席傳來震耳欲聾的歡呼聲。

——真是一群無可救藥的笨蛋。

外面發生大規模恐攻，連自己都可能有生命危險。結果還這麼想看學生在舞臺上交鋒。真是一群低劣、醜陋又膚淺的觀眾。

但即使在心中痛罵，尤莉絲依然微微一笑。

嗯，沒錯，你們就睜大狗眼看仔細吧。

這就是尤莉絲＝愛雷克希亞．馮．里斯妃特，以及奧菲莉亞．蘭朵露芬的戰鬥。

也是我們最後的決戰。

＊

「到你那邊去了，萊歐！」

「交給我吧！」

《黑盾》凱文．荷魯斯托以盾擊撞飛擬形體。然後《王槍》萊歐聶爾．卡修的闊頭槍一擊將擬形體劈成兩半。

即使退居二線，鮮明的合作攻勢依然沒有退步。

「兩位真是厲害。」

亞涅斯特．費爾克勞一瞥兩位前隊友，自己同時也連續砍倒面前的兩架擬形體。

這裡是商業區一隅，飄浮巨大空間視窗的大型綜合商場入口前廣場。

剛才這裡還有大批群眾觀賞決賽，目前所有人都已進入建築內避難。只剩下偶然在場的三名前任銀翼騎士團，以及不知從何處湧現的無數擬形體。

「話說現在講這些有點晚……！但是不是別胡亂攻擊這些東西比較好？」

「難道你要不管這些東西嗎？許多人可都進入建築物內避難了啊！」

以大盾擋住擬形體攻擊的凱文嘴裡嘀咕。萊歐聶爾聽到後隨即斥責。

「可是我們如果不出手，它們似乎就不會攻擊我們……這樣根本沒完沒了！」

凱文說得沒錯，這些擬形體並未主動攻擊人。應該說它們根本不在乎人類。可是亞涅斯特等人一出手阻止擬形體大批湧入設施，它們便一擁而上。

根據剛才發布的強制避難命令，整座 Asterisk 似乎都發生類似的情況。

（所以這些擬形體的目的似乎不是殺傷群眾，而是破壞——港灣區好像飄起多股煙霧，可能是以交通機關為目標。）

這座大型綜合商場的屋頂上也有飛艇起降場。如果它們的目標是破壞該處，其實也可以放任不管。

可是附近有許多人跑到此處避難。光是讓擬形體進入室內，就足以大幅提高風險。

「我不是不明白凱文的意見，但我們現在應該撐住。畢竟身為嘉萊多瓦思的騎士，好嗎！」

亞涅斯特使出的刺擊在中途改變軌跡，貫穿擬型體的頭部。

「但是很不甘心，光靠我們實在力有未逮！」

萊歐聶爾猛揮的闊頭槍打飛好幾架擬形體。攻擊卻受到啟動的防禦障壁阻礙，沒能加以破壞。

實際上這些擬形體都不簡單。外表類似在《鳳凰星武祭》大顯身手的阿勒坎特自律式擬形體阿爾第。雖然沒那麼強，但如果不是各學園《始頁十二人》等級的高手，應該相當辛苦。至少要有進入排名的實力，否則不是擬形體的對手。

這座設施的入口當然不只此處。考慮到擬形體接二連三聚集而來，三人在此奮戰形同杯水車薪。

如果有警備隊來救援則另當別論。可是事件規模這麼大，理論上肯定人手不足。

（現在該怎麼辦呢……其實也可以聯絡艾略特，拜託他調派戰力。但他們應該也忙著應付擬形體，況且這個時候……）

就在此時。

「破！」

震耳欲聾的咆吼聲化為聲音衝擊波，穿過亞涅斯特等人。然後接連粉碎並震飛三人前方的擬形體。

「——喲，亞涅斯特。好久沒有和你碰面了啊。」

只見一名女性戴著狼面具，身上穿著界龍的制服。

「真是稀客，《醒天大聖》。好久沒聽到妳的聲音了。」

「哼哼，星露妹妹終於點頭同意我外出啦。」

摘下狼面具後，只見女性的容貌上有無數傷痕。

阿芮瑪・青陽，在讓位給《萬有天羅》范星露之前，她是界龍排名第一的強者。目前是界龍情報機構『暱眥』的一員。

阿芮瑪一舉手，隨即出現十幾名同樣帶著狼面具的人，單膝跪地。

「以三人一組守住各處出入口。有些擬形體可能會破壞牆壁或玻璃進入，所以別忘了適度引誘它們。」

聽到命令後，狼面具隊員們一語不發，如同出現般同時消失。不只是動作快而已，還祕密啟動了隱形能力——這代表他們是情報機構的特務。

「想不到會受到暱眥的幫助呢。」

即使暫時鬆口氣，萊歐聶爾依然表情複雜地嘀咕。

隸屬學生會的人都有共識，暱眥在六學園特務機構中最好戰，而且凶惡狂暴。大多數特務機構都比較聽從統合企業財團的話。肯定因為他們是唯一由學生會長直轄，能自由活動才如此凶惡。

「意思是妳們是公主派來的嗎？」

「不，星露妹妹只說隨我高興。所以是我自作主張。」

說著阿芮瑪咧嘴一笑。

「在我們庭園恣意妄為的笨蛋，當然得好好教訓一下啦。發現你們只是剛好而已。如果不需要幫忙的話，我們也可以去其他地方？」

「不，需要妳們的幫忙。」

亞涅斯特坦率地低頭。

只有睚眥才能如此迅速行動。其他學園可能也會派人支援，但他們應該會優先保護自己的學生，以及掌握情況。

「哈哈！好久沒有發揮全力啦！可得讓我打個過癮啊！」

阿芮瑪露出狂暴的笑容後，右手伸向前方蹲低身體，調整氣息。

她的動作緩慢，動作卻十分流暢，絲毫沒有破綻。

「噫！」

伴隨比剛才更剛猛的吼聲，踩出的震腳踏穿地面。阿芮瑪使出的背掌貫穿防禦障壁，打爆擬形體的頭部。

右手接著行雲流水般擺出托掌，擊飛另一架擬形體的頭。

進一步以左手撥開來襲的擬形體揮動的槌子，再以抱掌拽下擬形體的頭。

（竟然一瞬間破壞三架……！而且只靠掌打！）

「哇噢！大姊真是厲害！」

阿芮瑪的動作非常精湛，連凱文都忍不住讚嘆。

「我的本領才不只這樣呢！」

話音剛落，阿芮瑪便隻身衝進大批擬形體中。

（她的本領比以前更強了……）

亞涅斯特當學生會長的時候，聽過至聖公會議掌握的情報。以前阿芮瑪輸給星露，讓出排名第一的寶座。當時她以『隨時都能挑戰星露』的權利，做為加入暱砦的交換條件。另外星露還禁止她在執行任務時發出聲音。特務機構情報員行動以隱密為主，不需要大吼也是原因之一。但應該還有訓練阿芮瑪的用意。

在武術中，發聲原本是發揮力量的要素之一。部分中國武術甚至流傳特殊的發聲法『雷聲』，阿芮瑪就會這一招。星露特地不准她喊出聲音，目的應該是提升她的基礎能力。

事實上，阿芮瑪目前的實力已經超越亞涅斯特以前掌握的情報。

除了速度以外，她在各方面肯定都大幅超越目前在界龍領導木派的趙虎峰。純論武技的話，犀利程度甚至不輸給武曉彗。

（真傷腦筋……看到她的身手，我又要忍耐不住了。）

亞涅斯特感到自己心中的猙獰野獸逐漸覺醒。

「哈哈！正想說身後傳來強烈的鬼氣……不錯啊，亞涅斯特。機會難得，要不要交個手啊？」

一擊打爆擬形體的同時，阿芮瑪轉過頭來大笑。

她的視線與亞涅斯特的視線交會，就在瀰漫危險緊張感的剎那。

「！」

亞涅斯特與阿芮瑪同時感到全身寒毛倒豎。

兩人同時望向該處。只見不知何時，一名少女站在大型空間視窗的正下方。她剛才似乎在觀賞決賽。

「……拜託，真的假的。妳怎麼會在這裡，《原理魔女》？」

聽到流下冷汗的阿芮瑪說出的名字，亞涅斯特也緊張地吞口水。

《原理魔女》費布洛孃・伊格納托維奇。她幾乎沒公開露過面，還是一半傳說中的阿勒坎特排名第一。這還是第一次親眼見到她。

「……妳從剛才就有點吵喔？」

似乎對阿芮瑪的話有反應，費布洛孃一隻手拿著書，睡眼惺忪地一瞄。

下一瞬間，所有視野內的擬形體都從身體中間分家，爆炸散落。

「——」

輾壓級的力量讓在場所有人啞口無言。

另一方面，費布洛孃彷彿若無其事，視線回到大型空間視窗。

「噢，終於追到妳了……！真是的，之前提醒過那麼多次，不要一個人亂跑……哦？」

這時候，熟面孔上氣不接下氣前來。

是阿勒坎特學生會長，左近州馬。

「兩位稀客居然在場啊……」

「左近會長，您怎麼會在這裡？」

州馬應該沒有任何戰鬥能力。這種兵荒馬亂之際，以他的身分不該隻身在這裡遊蕩。和已經卸任學生會長的亞涅斯特不一樣。

「呃，要解釋可得耗費不少脣舌……簡單來說，我們——我和費布洛孃外出時遭遇恐攻。本來想回到學園，結果湖岸旁都是大批擬形體，十分危險，所以想經由商業區。結果費布洛孃突然跑到這裡……」

州馬一臉傷透腦筋的表情，望向費布洛孃同時垂頭喪氣。

「慚愧的是，如果不和她在一起，憑我一人可能根本回不了學園。」

費布洛孃僅目不轉睛地注視空間視窗。

「感覺她似乎對決賽充滿興趣呢。」

「是嗎……真難得。她以前應該幾乎對《星武祭》沒有興趣。」

順著費布洛孃的視線，亞涅斯特等人也跟著望向空間視窗螢幕。

其實亞涅斯特也是為了觀戰，和凱文與萊歐聶爾來到這裡。如果拜託艾略特，倒是可以請他安排特別觀戰室座位或入場券。但自己已經離開學生會，走這種後門總覺得過意不去。更重要的是，如今在街上無拘無束地觀賞比賽更有趣。雖然現在根本無暇觀戰。

「這麼說或許有失公允，但是《華焰魔女》也真有一套呢。老實說，我以為比賽會更快分出勝負。」

「不，《華焰魔女》的實力已經遠超以前和我們決鬥的時候了。這場比賽的勝負還很難說喔。」

凱文與萊歐聶爾似乎終於能喘口氣，稍作歇息。

但不知何時又會出現新的擬形體，還不能掉以輕心。

「頂尖《魔女》對決嗎……那妳呢，《原理魔女》。」

阿芮瑪忽然隨口一問費布洛孃。

「妳能贏得了她們兩人嗎？」

「……面對《華焰魔女》很難說吧？不過面對《孤毒魔女》可能有點沒辦法？」

「哦～」

不知道對費布洛孃的坦率，還是她的回答內容感到驚訝。阿芮瑪驚訝地睜大眼睛。

「我沒有為了戰鬥而鍛鍊過，所以面對《孤毒魔女》，應該會拚能力吧？那麼我的火力完全不如她？」

「拜、拜託，費布洛孃！怎麼可以特地告訴其他學園自己的弱點！而且她還是情報機構的特務耶！」

「唔～」

州馬急忙摀住費布洛孃的嘴。

費布洛孃看起來的確不會任何武術或武道。根據至聖公會議的情報，她的能力好像是改寫物理法則，非常離譜。但也聽說手上的書必須開啟，當作觸媒。所以這一點或許可以趁虛而入。

「不、不過真是驚人……！費布洛孃承認贏不了的對手，以前只有兩人而已喔。應該稱讚《孤毒魔女》非常強大嗎？」

州馬刻意改變話題。

「哦，是誰呢？」

亞涅斯特特地順著他的話詢問，州馬這才露出鬆口氣的表情。

「第一人不用說，當然是界龍的那一位。不過另一人倒是出乎意料。」

實際上，州馬說出的人名連亞涅斯特也感到意外。

「《星武祭》營運委員長——噢，現在已經是前任委員長了吧。就是馬迪亞斯・梅薩啊。」

＊

「……拜託，你還真能撐啊。想不到竟然能熬過五次攻擊。」

「呼……呼……呼……」

馬迪亞斯錯愕地表示，綾斗只能上氣不接下氣以對。

《赤霞魔劍》碎片展開包圍攻擊。

綾斗依靠『伶』保護頭部、要害，以及身體活動最低限度的手腳筋腱等處。但是反過來說，其他部位都傷痕累累。

疼痛早已麻痺，但是出血量非同小可。不久綾斗就會因失血過多而暈厥。

在那之前必須打開僵局——

「來，第六次。」

發出深紅色光芒的碎片，再度整齊包圍綾斗。

一開始拉開距離圍繞綾斗，然後逐漸縮小包圍網。不論綾斗往哪裡跑，整個包圍網都會跟著移動，根本無法逃脫。

「希望這一擊能要了你的命。」

馬迪亞斯聲音平穩，毫無感情地開口後，所有碎片同時直撲而來。

綾斗搏命以《黑爐魔劍》迎擊幾乎機械化般飛來的碎片。

有時以劍刃彈開，有時扭轉身體躲開。宛如鮮血飛濺的舞蹈般承受風暴。

即使在這種情況下，綾斗依然緊緊觀察馬迪亞斯。

全靠讓身體反射性自動防禦的『伶』才辦得到。

「真是白費力氣。只是讓自己的痛苦愈拖愈久罷了。」

不知道嘆氣的馬迪亞斯是否已經注意到綾斗的眼神。

當然，馬迪亞斯從未粗心大意。雖然目前處於壓倒性優勢，但如果他會因此掉以輕心，綾斗也不用這麼辛苦了。

即使單方面玩弄綾斗，也看得出他依然繃緊神經，提防任何意外。畢竟馬迪亞斯並未讓所有《赤霞魔劍》的碎片用在包圍攻擊上。他的身邊依然飄浮著紅色閃光，會自動保護他不受任何攻擊。

正因如此，綾斗才必須仔細計算時機。

而且是之前五次包圍攻擊中，從未碰過的好機會。

如果對手不是馬迪亞斯——對手不會無形無拍子的話，綾斗肯定早就逮到機會。

即使某種程度上可以應對無形無拍子，但不代表已經克服。正確來說，無形無拍子並非能克服的招式或流派。

因此綾斗只能花時間尋找機會。

觀察馬迪亞斯的呼吸，視線，以及舉手投足。

——然後時機終於來臨。

「哦？里斯菲特使用了那一招嗎？意思是她們那邊也即將分出勝負——」

這一瞬間，綾斗一口氣縮短雙方的距離。

化為紫電，筆直衝向前。

「天霧辰明流劍術極傳之三——『蟒』。」

剎那間，鮮血從馬迪亞斯胸口噴出，左手肘分家掉落地面。

「什麼……？」

馬迪亞斯首次露出驚愕的神色。

同時綾斗也身體癱軟。

雖然勉強以手撐住，但如果有任何鬆懈，肯定會立刻昏迷。綾斗咬緊牙根與馬迪亞斯拉開距離，背靠柱子的殘骸舉起《黑爐魔劍》。

畢竟剛才強行突破了碎片包圍網。碎片當然刺穿了身體各處，甚至擦過一些要害。

「……算你狠。」

將碎片恢復成大劍狀態，同時馬迪亞斯瞪向綾斗。一部分碎片還連接成帶狀，纏繞在左臂上止血。真是方便啊。

「沒想到你還有極傳沒使用啊。而且你究竟用了什麼花招，我居然對攻擊毫無反應？」

「……呵呵，你說呢。」

綾斗以笑聲含糊其辭。

天霧辰明流有三項極傳。其中『晦』是完全後發先至的招式，『伶』是專門防身的招式。至於『蟒』則是百分之百搶奪『先機』的招式。

武術、武道中，不同流派對於先發先至，以及後發先至的定義都不太一樣。天霧辰明流中的『先機』並非單純搶先對手攻擊，而是搶先對手的意識攻擊。

換句話說，這一擊絕對躲不過。

當然，一旦戰鬥開始，要達成這種境界極為困難，除非偷襲。因為人在戰鬥途中，不會分心去想多餘的事情。

可是人並非機械。即使再怎麼有才能，依然不可能控制身體與意識的細節。就像心臟在人睡著時依然跳動不休息，人體並非只靠意識控制。人也無法完全以意識處理所有感覺到的情報。

不論如何警戒，如何戒備，依然存在起伏。比方說眨眼的瞬間，或是身後崩塌的柱子掉落瓦礫，注意力受到吸引。即使微弱，但依然超越了人能控制的範疇。

當然不可能靠一件小事就搶得『先機』。但如果這些小事重疊在一起，就會產生意識不到的破綻——連本人都察覺不到。

本來這只是不到千分之一秒的剎那。連本人都察覺不到的起伏，別人當然更難判斷。就算真的發現破綻，要發動攻擊時，破綻早就消失。所以不可能瞄準這種破綻攻擊。

——除非使用『識』的境地。

『識』的境地是天霧辰明流知覺擴充技術的精髓。將其擴充至極限，並且深化，讀取對手一瞬間出現的起伏。並且掌握周圍所有情況，事先預測這些起伏重疊的瞬間。

看準這一瞬間使出的一擊，就是『蟒』。

由於對手甚至意識不到，當然躲不過。也來不及使用《赤霞魔劍》碎片的自動防禦。

照理來說是這樣。

（剛才那一擊……砍得有點淺。可能是劍尖碰到身體的瞬間，他反射性扭動身體躲過吧……！）

他的反射速度已經超越人類。

難道這也是讓星辰力變質的關係嗎？

「不過為了達成計畫，一隻手臂當作代價算便宜了。反正只要讓治癒能力者接回去就行了，等我殺了你之後。」

馬迪亞斯略為皺眉，但剛才的驚愕神情已經消失。

「直到這個關鍵時刻才使用，代表剛才的極傳無法輕易連續使用吧？」

「……」

他說得沒錯。

要達成『蟒』的發動條件，需要相當長的時間。而且不只是耗費時間這麼簡單。考慮到綾斗的體力，應該很難再使出第二次。

「哈哈哈，看來我說對了。而且剛才那一擊，讓我發現了你的新弱點。」

「弱點……？」

一邊調整呼吸的同時，綾斗對馬迪亞斯這句話皺起眉頭。

「——事到如今，你依然不願意殺我吧？」

「！」

「劍術專家能靠修練，讓對手感覺不到殺氣。但你如果真的想殺我，剛才那一擊會再砍得深一點。即使還不至於致命。」

「這……」

他的確又說對了。

包括姊姊遙的事情，綾斗不是不恨馬迪亞斯。但依然沒有恨到非除之而後快。

「真是愚蠢，實在太愚蠢了。其實我沒有義務開口，但是身為在這座無聊都市存活下來的前輩，給你一項忠告吧。你經常控制自己的鬼氣，但光是這樣根本比不上我。培養你的鬼氣吧。在關鍵時刻釋放心中的憤怒、憎恨與殺意。如果你沒有動殺心，是贏不了我的。」

鬼氣就是負面情感，讓對手嚇得發抖的黑暗氣魄。

任何人心中都有鬼氣，在鬥爭中的確能化為力量。

可是──

「……我不要。」

綾斗平靜地回絕。

「哦？為什麼？」

「不好意思，我不想和你這種人一樣。」

「呵，還真敢說……！」

馬迪亞斯一揮《赤霞魔劍》，細小的碎片隨即連接成細長形。類似《蛇劍歐洛羅穆特》──長鞭般的蛇腹劍。總共有五條，就像孔雀開屏一樣張開。隨即宛如有不同意識般撲向綾斗。

綾斗在舞臺上奔馳，跳躍，或是揮動《黑爐魔劍》彈開來自頭頂，以及鑽地逼近的劍刃。每次腳一使勁，鮮血就從身上的傷口噴出，感覺到身體逐漸流失力氣。

可是一旦停下腳步，就會立刻完蛋。

不論地面或是柱子，深紅色蛇腹劍都能扭動著貫穿，窮追不捨。雖然馬迪亞斯甚至不給綾斗喘息機會，但綾斗邊躲邊看穿其動作的關鍵。

仔細一瞧，只有連結的劍刃尖端比其他碎片大了兩圈。由於小塊碎片很難控制，可能是將連結的尖端碎片保持在可控大小。由大碎片牽動小碎片，得以做出細微的動作。

那麼——

綾斗鑽過兩條蛇腹劍，轉而衝向馬迪亞斯。

「唔？」

馬迪亞斯當然舉起《赤霞魔劍》準備迎擊。剩下三條蛇腹劍也從後方逼近綾斗，呈現前後夾擊的態勢。但綾斗在與馬迪亞斯交鋒前一刻緊急剎車，然後身體旋轉，同時瞄準蛇腹劍尖端的碎片一口氣砍飛。

失去細微控制後，蛇腹劍直接衝向馬迪亞斯——但沒有這麼容易刺穿馬迪亞斯，在刺中之前頓時停了下來。

但是強如馬迪亞斯，專注於控制《赤霞魔劍》也會產生破綻。

「喝！」

「嘖……！」

千載難逢的好機會，結果這一劍完全落空。

馬迪亞斯依然躲開了綾斗的攻擊。

「危險危險……真是不能小看你的應對能力呢。」

他的聲音聽起來略微低沉。

「再玩這些小把戲，讓你逮到破綻也沒意思。時機已經成熟了，就直接收拾你吧。」

鬼氣從馬迪亞斯體內膨脹，充滿全身的星辰力爆發般散發光芒。凶惡的意志宛如要蹂躪、碾壓、咬碎面前的一切。

綾斗以正眼架勢手持《黑爐魔劍》，以免被鬼氣吞噬。

對綾斗而言，正面決勝負也求之不得。畢竟自己的時間已經所剩無幾。

「……來吧！」

以這句話為信號，綾斗與馬迪亞斯同時行動。

綾斗以《黑爐魔劍》擋住馬迪亞斯擾亂間距的步法後的一劈。

他的速度還是一樣快得驚人。但因為失去左手，臂力比之前略遜一籌。

擦身而過之際，綾斗橫掃他的腳，卻被瞬間形成的劍刃彈開。

自動防禦似乎依然存在。
就在《黑爐魔劍》被彈開的當下，一道斬擊突然從背後直撲綾斗。
「!?」
雖然憑藉『識』之境地才躲得開，但如果慢了幾拍，綾斗的身體就一分為二了。
仔細一瞧，一把紅色戰斧飄浮在空中飛舞。
不，不只是戰斧。
深紅色十字長槍緊接著戰斧的斬擊，刺向綾斗的喉嚨。馬迪亞斯本人右手握著的《赤霞魔劍》配合攻勢，一劍劈中綾斗的大腿。
「嗚……！」
（煌式遠距引導武裝……!?不對，這是……！）
不知何時，馬迪亞斯揮舞的《赤霞魔劍》變得和綾斗的《黑爐魔劍》差不多大。從巨大的大劍變成有弧度的長刀。
換句話說，他以剩下的碎片形成戰斧與十字長槍。
「畢竟我少了一隻手，所以得花點功夫才行。這一招的確是我個人的隱藏殺招。」
馬迪亞斯笑得滿不在乎。但是剛才的短暫攻防，已經讓綾斗知道威脅性有多大。
這麼大塊的碎片，可以控制得像自己揮舞一樣精準。而且三種武器的攻擊間距與方式都不一樣，等於包圍綾斗的同時還能自由操縱。加上馬迪亞斯不愧是戰鬥的天才，揮舞戰斧與長槍的技術同樣超一流。

除了修練天霧辰明流以外，綾斗也學習過百般武藝，但應該遠遠不及體現無形無拍子的馬迪亞斯。

而且馬迪亞斯還有自動防禦。

不論攻擊或防禦，馬迪亞斯都凌駕綾斗。

「現在想改變念頭了嗎？還以為不殺我就能克服目前的困境嗎？不用想太多，釋放你的鬼氣吧……！」

猛攻完全陷入防禦的綾斗，同時馬迪亞斯再度質問。

「……休想！」

戰斧沉重的一擊讓綾斗忍不住咂舌。

威力與煌式遠隔引導武裝完全不一樣。《碎星魔術師》勞德弗・佐波使用的大型煌式遠距引導武裝也很強力。可是速度與準確性完全無法與馬迪亞斯相比。

「天真！太天真了！你實在太不自由了，看了真可憐！身體困在天霧辰明流這種型式內，精神受到無聊的倫理束縛，簡直就是動輒得咎嘛！」

綾斗並未從倫理道德的角度否定馬迪亞斯。

可是要戰勝馬迪亞斯・梅薩，必須立於相同的立足點。綾斗的直覺這樣告訴他。

當然，綾斗從未殺過人。唯一一次下定決心，是如果有必要的話，願意代替尤莉絲對奧菲莉亞痛下殺手。如今綾斗深刻體會到，這種想法有多膚淺又愚蠢。

馬迪亞斯否定這座都市——否定Asterisk。所以綾斗認為，與他交手的自己至少不能跨越這道紅線。《星武祭》的星武憲章中規定，不可以刻意殺害對手。

其實綾斗也並未全面肯定Asterisk的作風。以立場而言，反而有不少批評之處。但的確也有些事物只在這裡才成立。有這座都市才有現在的綾斗，這一點也無庸置疑。

跳脫Asterisk框架的人，如今反過來要毀掉這個框架。這肯定是錯的。

正因如此，綾斗才不願意對馬迪亞斯動殺心。

「那麼……！你敢說你這樣！算是自由嗎！」

綾斗勉強熬過偏離時機，但依然毫無間斷的劍斧槍三連擊。

「至少比你自由！」

實際上，馬迪亞斯的戰鬥方式看起來不受任何拘束，無形無拍子就體現這一境界。習武者的終極目標就是他這種天衣無縫的劍法。

可是——

這時候，綾斗的心中突然產生疑問。

「……你說你的目的是加速吧？」

聽到這個問題，馬迪亞斯眉毛一揚。

「沒錯！我要加速時間的流動！為了衝擊這個時代！」

《赤霞魔劍》的斬擊格外剛猛地橫劈身體，直接打飛了綾斗。

可能流了太多血，綾斗身體搖晃，差一點倒下去。不過還是咬緊牙根勉強撐住。

專注在彼此的間距，同時調整呼吸。

結果馬迪亞斯卻像聊天一樣開口。

「有些話不是經常對運氣不好，或是以悲劇告終的人說嗎？像是『是時代的錯』『生太早了』。每次聽到這種論調，我就心想。」

然後馬迪亞斯低下頭，深呼吸一口長氣。

「——根本就是屁話。」

這句簡短的咒罵，聽得綾斗忍不住發抖。

因為這句話帶有無盡的憎恨，以及數不盡的憤怒。

「什麼時代？少拿這種模糊不清，老舊又枯燥無味的廢話打馬虎眼！」

地底下寒冰般的空氣，在馬迪亞斯的怒吼下震動。

「朱莉如果早生一點，或許她的確不用這麼苦惱。但她就是連這種機會都沒有。《星脈世代》剛誕生的時候，甚至尚未萌生歧視。《星脈世代》屬於少數，受到完全的管理。或者她如果晚生一點，也許可以活得更自由。因為不久的未來，普通人就必須重新審視如何與《星脈世代》相處。」

這番話與其在告訴綾斗，更接近獨白。

「朱莉只不過正好卡在中間。既不算白天也不算夜晚，而是混沌不清的黃昏，結果就遭受這種痛苦。我現在眼前還會浮現她的苦笑。既非笑也非哭，那才是象徵八薙草朱莉受到的境遇，而且也是這座Asterisk的象徵——簡直讓我想吐。」

「……所以才要加速嗎？」

綾斗終於明白。

馬迪亞斯其實憎恨的是這個時代。

「嗯，對，沒錯，你說對了。我要強行讓這個曖昧的時代進步。只要讓普通人與《星脈世代》分離，並且爆發鬥爭，時代勢必會改變。到時候不論雙方達成和解也好，一方完全臣服於另一方也好，對我而言都沒差。因為這樣的結果才是決定性的。」

他這番話聽起來很隨便，但可能是真的。對馬迪亞斯而言，結果根本不重要。

這甚至算不上願望，而是蠻橫霸道。

「你以為你一個人有這種權利嗎！」

綾斗一口氣切進馬迪亞斯懷裡，舉起《黑爐魔劍》一砍。

「哀嘆時不我予，是因為力量不足以改變，而我擁有能改變時代的力量與身分。所以我沒理由不成功！」

馬迪亞斯不靠自動防禦，而以《赤霞魔劍》本體擋住這一劍。

然後直接架開綾斗。趁綾斗重心不穩時，以戰斧與十字長槍急襲。

「你死定了！」

馬迪亞斯確信自己贏得勝利。

可是——綾斗以右手的《黑爐魔劍》架開劈向頭部的戰斧。然後頭也不回，以空著的左手撥開從背後刺向自己的十字長槍槍尖。

「什麼!?」

「我終於明白了，你一點都不自由。你自己就是受過去束縛最深的人。」

綾斗說出這句話，馬迪亞斯頓時一臉憤怒。

不，可能只是馬迪亞斯心中的熊熊怒火顯現在臉上。

因為他從很久以前，心中的怒火就不曾熄滅……甚至比遇見綾斗與遙等人之前更久。

「少講得你好像知道似的！」

三段突刺快如閃電——綾斗卻僅以最小的動作躲過。

「怎麼可能！難道你看穿了我的動作！」

並非如此。

看穿的其實是馬迪亞斯・梅薩這個人的力量基礎。

就是憤怒。

比任何事物都頑強、劇烈、強大的情感，也是他心中鬼氣的根源。

可是在天霧辰明流——不，在大多數武術、武道中，有一項道理是初級中的初級。

——不要讓憤怒控制自己。

「喝！」

綾斗的《黑爐魔劍》朝右袈裟斜向一砍。

《赤霞魔劍》的碎片和剛才一樣瞬間形成劍刃，自動擋下這一劍。

但這次的結果與之前不一樣。

《黑爐魔劍》的萬應精晶光芒大增，斬燒了《赤霞魔劍》的劍刃。

「唔!?」

馬迪亞斯縱身往後一跳，躲過這一劍。但他的表情不只有憤怒，還看得出些許慌張。

仔細一想，其實這是當然的。

如果《黑爐魔劍》與《赤霞魔劍》同等級，原本不可能光靠碎片擋住《黑爐魔劍》的攻擊。

正因為劍刃從空無一物的空中突然形成，《黑爐魔劍》才會冷不防被彈開。如果從一開始就知道會被擋住，《黑爐魔劍》不可能拚輸《赤霞魔劍》。

綾斗手中的《黑爐魔劍》傳來一陣微弱震動，彷彿示意終於明白這個道理。《黑爐魔劍》可能在自負，自己絕對不會輸給《赤霞魔劍》。

「……哈哈！原來如此，原來如此，算你狠。行，我承認你講得對。我自己的確受到過去……受到朱莉束縛。你講得對。可是那又怎樣，不代表我比你差！」

神速跨步後，馬迪亞斯使出三方向同時攻擊。

連綾斗都無法完全架開這三招，《赤霞魔劍》刺穿了側腹。

「嗚……！」

事實上，就算看穿馬迪亞斯的本質，並且突破自動防禦，也不代表綾斗占優勢。他的無形無拍子依然貨真價實，而且他的基礎體能比綾斗優秀。最大的問題是，綾斗消耗過於劇烈。

即使馬迪亞斯也受了不少傷，但綾斗已經連站著都很勉強。再這樣下去過不了幾分鐘，綾斗就會昏迷。

不過——

「不，我有一個地方贏過你。」

即使嘴裡流出鮮血，綾斗依然微微一笑。

「!?」

「你覺得束縛了你的事物，對我而言卻是聯繫……！」

沒錯。

人與人的聯繫在他眼中，只是負面含意的束縛。綾斗不可以輸給這種人。

在這座Asterisk，綾斗與許多人維持聯繫。

包括紗夜、克勞蒂雅、綺凜、席爾薇雅，還有英士郎、雷士達，依蕾奈與普莉熙拉，以及芙蘿拉、艾涅絲妲、卡蜜拉、阿爾第、莉姆希、亞涅斯特、艾略特、星露、虎峰、美奈兔、柚陽、赫爾加、匡子……對象數也數不清。

光是這樣，綾斗就覺得這座都市是無可取代的場所。

而且最重要的是——

綾斗短暫望向目前依然開啟的空間視窗。

見到顯示在畫面上，對綾斗而言最重要的夥伴，想起那一天說過的話。

「正因如此，我要完成自己的任務！」

「胡說八道……！」

綾斗進一步往前衝，馬迪亞斯隨即收回刺傷綾斗側腹的《赤霞魔劍》。

馬迪亞斯重整旗鼓的速度，比綾斗揮劍快了一步。

可是——

「天霧辰明流劍術初傳——『貳蛟龍』。」

綾斗揮舞的劍刃卻穿過馬迪亞斯備戰的魔劍，在他身上留下十字傷痕。

「怎麼……可能？」

馬迪亞斯一臉難以置信的表情，《赤霞魔劍》從他的手中掉落。

剛才這一招既非極傳，甚至不是奧傳，而是天霧辰明流劍術初傳。

綾斗反覆修練了幾千幾萬次的劍術——這也是綾斗與劍的聯繫。

第四章　最終決戰・四

此時《惡辣之王》狄路克・艾貝爾范在飛艇的一間房間內，盯著數個空間視窗。

當然是為了觀察計畫的情況。狄路克和馬迪亞斯一樣，可以透過變異戰體的監視器，即時觀察 Asterisk 各處。

目前計畫執行得很順利，同時也出了紕漏。原因只有一個，就是狄路克背叛了金枝篇同盟。再這樣下去，計畫會達成一半，失敗一半，以半吊子的狀況落幕。

而這才是狄路克的願望。

沒有人是勝利者。

即使不認為這個願望能實現，但是可以盡力達成。

特地向英士郎提供情報，唆使綾斗等人去找瓦爾妲與馬迪亞斯，也是為了這個目標。

「……不過老子我也不認為，馬迪亞斯與瓦爾妲會輸給那幫人。」

由於綾斗他們只能靠一小群人行動，勝算本來就不高。

瓦爾妲另當別論，馬迪亞斯應該不可能會輸。連狄路克都沒見過這麼適合使用《赤霞魔劍》的人。

綾斗等人的任務已經完成。

他們最好趕快去死。

「要說哪裡有問題，就是奧菲莉亞了……看她似乎打得難分難解啊。」

說著，狄路克放大顯示著《王龍星武祭》決賽的空間視窗。

想不到那位公主能和奧菲莉亞纏鬥這麼久，真的超乎狄路克的想像。

不過基礎能力差距很明顯。奧菲莉亞肯定會贏，勝負揭曉的時刻應該不遠了。

到時候就是這座Asterisk的末日

狄路克眺望窗外聳立的Asterisk高樓大廈，哼了一聲。

這座都市的所有人很快就會死光，整座都市沉入水底。

——啊，真是太爽了。

能親眼目睹這一切，或許能稍微緩和狄路克心中熊熊燃燒的厭惡感。

心裡浮現這些莫名其妙的想法，狄路克咂了一聲舌時，飛船突然劇烈搖晃。

「……不是氣流。這種搖晃不對勁。」

狄路克打了個響指，呼叫保鑣。

可是等了老半天，始終不見保鑣的蹤影。

這艘飛艇除了狄路克以外，還有兩名保鑣搭乘。兩人都是狄路克的心腹，不僅頗為優秀，還與黑貓機關毫無瓜葛。其中一人操縱飛艇，另一人負責戒備。

無可奈何之下，狄路克再度咂了一聲舌，離開房間。

狄路克知道綾斗等人在追查自己，但他們不可能追上這艘飛艇。這麼一來——思考各種可能性的同時，狄路克前往駕駛座。發現保鑣已經流血倒在該處。這麼一來，代表另一名保鑣也凶多吉少。

即使知道飛艇上只剩下自己這個普通人，狄路克依然不慌不忙。

反正該死的總是會死，沒必要醜態百出，爽到敵人。

「呿！一群沒用的廢物……！」

嘴裡咒罵的同時，狄路克推開保鑣的屍體，親自坐上駕駛座。駕駛飛艇對狄路克而言不算什麼。

不管怎樣，目前得先讓飛艇順利降落才行。

可是——

「啊……？」

這時候，椅子的影子浮現並化為刀刃，刺穿了狄路克肥胖的腹部。

「這能力……是金眼七號嗎？」

痛得皺眉的狄路克環顧四周，見到一名男子搖晃著鑽出門的陰影。他是前任黑貓機關特務，曾經是狄路克手下的金眼七號，威爾納。

以前《鳳凰星武祭》途中，狄路克試圖陷害綾斗，他就是當時的執行者。結果作戰以失敗告終，狄路克以為他也沒命了……

「既然你還活著，為什麼不盡快回來找我？」

即使狄路克質問，威爾納依然沒有反應。

情報機構的特務一語不發很正常，但狄路克立刻發現別的原因。

威爾納的眼神像玻璃珠一樣空洞，從他的眼神看不出情感與自我意志。

（看來瓦爾妲完全洗腦了他……代表是馬迪亞斯那混帳派他來的嗎？）

與其說派他來，更像是處刑者。一旦狄路克背叛或是形跡可疑，就會採取行動。瓦爾妲肯定想不到這種方法，因此必然是由馬迪亞斯安排。

「哼！意思是回收他的也是馬迪亞斯嗎……難怪他不回來。」

威爾納拔出藏在手中的刀刃，瞄準狄路克的喉嚨。

狄路克整個人躺在椅子上，連躲都不躲——其實想躲也躲不了，畢竟他只是普通人——結果在刀刃割斷狄路克的喉嚨之前停下。威爾納突然似乎痛苦地捧著頭。

「這……難道瓦爾妲輸了嗎？」

一旦瓦爾妲遭到破壞，洗腦效果就會消失。

這個時間點真是諷刺，可是並不代表狄路克得救。

腹部的出血已經讓狄路克視線模糊。

在這種情況下根本不可能操縱飛艇，而且狄路克會先暈厥。

「該死……！竟然在目睹這座無聊的爛都市毀滅前沒命……！」

失去駕駛的飛艇，朝湖面緩緩降低飛行高度。

＊

簡單來說，月華美人就是『將萬應素轉換成星辰力』的絕招。

星辰力原本就與萬應素高度親合。《魔女》與《魔術師》就是透過星辰力干涉萬應素。不用說，兩者肯定有某些共通性。這並非尤莉絲獨自的見解，似乎是目前學術界的主流。星辰力能讓萬應素更適應人體，更高效率地運作。

如果利用這種共通性，不就可以將萬應素當成星辰力使用了嗎——這是尤莉絲的想法。不過這種情況下，需要將萬應素轉換成星辰力的裝置。不僅可以控制細微的星辰力，而且還能高效率及時運作——只有一種裝置符合條件。

亦即人體。

沒錯，月華美人就是將尤莉絲自己的身體當成轉換裝置。這也是星露幾百年以來頭一次罵人是蠢貨。尤莉絲當然也知道這樣有多危險。將人體當成轉換裝置，等於改寫自己身體的一部分。一旦重組失敗，最壞的情況下身體會崩潰。就算成功了，由於尤莉絲的能力印象是火炎，重組時極有可能燒傷自己。實際上尤莉絲在學會這一招之前，好幾次差點喪命。如果不是在魎山泊，而且有星露陪在身旁，尤莉絲在完成月華美人之前可能就先去了黃泉。

即使背負這麼多的風險，月華美人依然只能維持十二秒。尤莉絲也屢屢嘗試錯誤，試圖延長限制時間，但實在辦不到。只綻放一晚的花，等不到早上就會凋零。

可是——正因為短暫，效果也超強。

比方說像現在這樣。

「綻放吧——銳槍白炎花．多重開！」

發動月華美人後，尤莉絲立刻展開極樂鳥燈翼飛上空中。然後顯現出無數藍白色火焰長槍。每一支長槍都比尤莉絲的身體更大，而且數量起碼超過五十支。

燒灼貫穿一切的鐵砲瓜（註1）長槍，就像飛彈一樣釋放。

奧菲莉亞試圖以剛才待命的凶惡瘴氣手臂防禦，但是銳槍白炎花貫穿瘴氣手臂，並且炸飛。

「！」

同時奧菲莉亞並未像平時一樣以空手防禦，而是往後跳躲避。她可能一眼就看穿了威力。實際上，尤莉絲目前的火力應該足以突破奧菲莉亞的防禦力。

銳槍白炎花接二連三傾注，追在逃跑的奧菲莉亞身後。火柱不斷在舞臺上噴發，但奧菲莉亞的體能也非同小可，火始終沒有燒到她。

那麼。

「綻放吧——灼炎太陽華・多重開！」

空中跟著出現十幾朵超巨大火炎花，看起來宛如太陽。

尤莉絲現在可以連續使出大絕招，而且可以輕易多重施放。因為所有周圍的萬應素都化為尤莉絲的星辰力。可以說尤莉絲在使用月華美人時，實質上和奧菲莉亞一樣擁有無限星辰力。

註1　噴瓜的一種，以會噴射豆莢得名。

另外可以在每一項絕招隨意注入大量星辰力——前提是得維持招式的外型——破壞力也大幅超越以往。

直徑少說超越十公尺的灼炎太陽華，包圍奧菲莉亞的同時直撲而下。光是熱浪就足以讓普通的《星脈世代》失去意識。

由於有十二秒的限制，尤莉絲不論怎麼連續施放，頂多也只能使出三招。在尤莉絲身後閃耀的月下美人花，如今已經枯萎了一半。

原本希望這一招能擊敗她——

「——毒海沉潛。」

「!?」

這一瞬間，奧菲莉亞身邊宛如間歇泉般，噴出大量黑色的液體，龐大的液體蒸發的同時，擋住了足以燒盡一切的業火球。

（液化瘴氣嗎……！）

液體密度遠大於氣體，不知道她用壓縮還是什麼方法液化了瘴氣。以尤莉絲目前的火力，實在無法與液化瘴氣硬碰硬。

如果是剛才的奧菲莉亞，尤莉絲可能已經贏了。但如今她發揮全力，可能是超越尤莉絲想像的怪物。

不過尤莉絲現在也一樣。

（還剩三秒——下一招！）

尤莉絲的火球與奧菲莉亞的液化瘴氣相互抵銷。四周籠罩在水蒸氣之中，尤莉絲一瞬間切進奧菲莉亞的懷裡。

現在的尤莉絲同樣具備爆表級的身體強度。因為無限的星辰力強化了身體，連原本折斷的右手都能靈活自如地活動。

速度可能快得超出預料，奧菲莉亞頓時瞠目結舌。

「綻放吧——絕壞白焰華！」

尤莉絲雙手交叉，伸向奧菲莉亞的胸口。嘴裡呼喊的同時，整片視野化為純白色閃光，隨後發生壓縮的蒼白色爆炸。

從超近距離使出超火力攻擊。

數片花瓣壓抑火力，壓縮了原本吞沒整座舞臺的爆炸威力。這項隱藏絕對破壞力的絕招，只有發動月華美人時才能使用。

釋放這一招後，在尤莉絲身後綻放的月下美人花隨即枯萎，尤莉絲的身體跟著迅速失去火力。剛才變成藍白色的秀髮恢復成薔薇色，身上到處都是刺痛的燒傷。

使用月華美人後，星辰力會幾乎枯竭。雖然每使用一次就會稍微好轉，但尤莉絲也不知道原因。這次似乎同樣比以前留下多一點星辰力，不過也只剩下平時的十分之一。

『……噢，各位觀眾，真的很不好意思！由於戰局發展太快，而且太過燦爛，讓人看得啞口無言！等一下各位觀眾可以盡量罵我沒資格當轉播，不過現在……怎麼樣，是不是已經決勝負了呢，札哈露拉小姐？』

『如果正面承受剛才的攻擊，強如奧菲莉亞・蘭朵露芬應該也受傷不輕。既然尚未宣布勝利，至少代表她的校徽沒有破損，或是尚未失去意識……但她應該站不起來了吧。』

聽著轉播與解說的聲音，尤莉絲同時強忍著快暈倒的感覺。然後定睛凝視滾滾煙塵揚起的另一側。

只見單膝跪地的奧菲莉亞隱約浮現。

『哎呀！奧菲莉亞選手雖然沒事，但可能還是受了重傷嗎！她目前跪倒在地上！』

奧菲莉亞身上的雷渥夫制服已經破破爛爛，四處露出的肌膚也顯得紅腫。

但她的表情始終沒有憤怒、痛苦或懊悔等情感。除了受到沉默的放棄與哀嘆控制以外，真要說的話——似乎一瞬間閃過光芒。而且與負面情感完全相反，彷彿追求一線希望。

「……真是了不起，尤莉絲。」

奧菲莉亞聲音平淡，僅僅略為沙啞地開口。

「真是佩服。妳的命運這麼強……在這個時刻，這個地點，擋在我的命運前方，肯定有某種意義吧。所以……可以不要就這樣結束嗎？」

「……!?」

這句話讓尤莉絲頓時啞口無言。

「是妳，是妳的命運讓我這麼做。所以我要妳負責任到最後一刻。來，繼續打吧。」

搖搖晃晃站起來的奧菲莉亞，深紅色雙眸筆直注視尤莉絲。

「呵、呵呵……！都快撐不住了，居然還說這種話。雖然我也沒資格說妳，但妳已經到極限了吧。可別繼續硬撐啊……？」

「極限……？這兩個字真有趣，尤莉絲。我……奧菲莉亞・蘭朵露芬的命運，是沒有極限的。」

話音剛落，奧菲莉亞的腳邊就冒出細小的瘴氣手臂，輕輕碰觸奧菲莉亞的脖子。

「——行屍走肉。」

然後奧菲莉亞的身體陡然一震，緊繃僵硬。

「啊……啊……啊啊啊……！」

只見她睜大眼睛仰望天花板，嗚咽般的叫聲隨著血沫一同溢出嘴角。

「怎麼回事……？妳在做什麼，奧菲莉亞！」

奧菲莉亞沒有回答尤莉絲，短暫虛脫之後，帶有血絲的眼眸注視尤莉絲。她的身上隱約浮現血管，看得出正在劇烈跳動。

「奧菲莉亞！剛才那是怎麼回事！」

尤莉絲再度吶喊，奧菲莉亞才略為搖頭後開口。

「……俗話不是說，是毒也是藥嗎？即使是有毒的植物，也有滋補強健的功能。我的瘴氣如果換個使用方法……即使我死了，這一招也能強迫我的身體活動。」

如此解釋的奧菲莉亞，腳步已經不再踉蹌。剛才的傷勢消失無蹤——不，甚至彷彿變得更強。

「開……開什麼玩笑！搞什麼鬼啊，奧菲莉亞！為什麼妳要犧牲這麼大……！」

怒上心頭的尤莉絲差點憤怒地大吼。可是見到奧菲莉亞的表情後，頓時閉口不語。取而代之，尤莉絲緊咬嘴脣直到滲血，硬將要說的話吞回去。

在任何人的眼中，奧菲莉亞的表情多半與平時一樣。充滿了放棄、悲慘、哀嘆。

唯有一人，只有尤莉絲看出不同。

「如果想阻止我的命運——」

「……對，我知道，我當然知道。」

不知道是第幾次聽到這句話了。

現在尤莉絲才明白。

其實奧菲莉亞一直在叫自己阻止她。

尤莉絲低下頭去，以手背抹去為自己不爭氣而流下的眼淚。然後下定決心，抬起頭來。

「我會阻止妳的，奧菲莉亞。看我粉碎妳那無聊的命運。」

「如果辦得到就來吧，尤莉絲。」

奧菲莉亞平靜地回答。

尤莉絲目前已經傷痕累累。

雖然傷勢不至於影響行動，關鍵是星辰力已經即將耗盡。

那該怎麼辦呢。

不用想，方法只有一種。

（再使用一次月華美人……！）

可是星露曾經強烈阻止自己。

『聽好，一旦妳使用月華美人，至少要隔一天才能再度使用。否則妳的身體承受不了。如果妳不聽勸，一晚綻放的花可能從此再也無法綻放。』

簡單來說，連續使用月華美人肯定會失敗。

月華美人發動失敗，就代表尤莉絲的死期。

（可是我不能退縮……）

尤莉絲深呼吸下定決心後，開始凝聚星辰力。

即使自己當場沒命，但如果連朋友都救不了，今後自己將會一事無成。

因為對尤莉絲而言，最重要的夥伴告訴過自己——保護那一日的她，成為她的力量，是他應盡的責任。

尤莉絲希望自己也能保護奧菲莉亞。

「綻放吧——」

但是讓星辰力在全身循環，即將轉換的瞬間，尤莉絲全身冒出鮮紅的烈火。

「嗚啊啊啊啊啊！」

這不是發動月華美人，而是轉換過程中外溢的火炎。

『這、這究竟是怎麼回事呢！里斯妃特選手的身體燒起來了！』

『……她體內的星辰力流動已經徹底亂了套。這下子麻煩了……』

即使灼熱的火炎燒灼全身，尤莉絲依然拚命控制星辰力，卻始終不順利。免疫自己火炎的抗性似乎失效，尤莉絲只好停止呼吸，以免吸入火炎。

（再、再這樣下去……！）

「不好意思，我不會手下留情……尤莉絲。」

注視尤莉絲動靜的奧菲莉亞，靜靜地產生瘴氣手臂，然後高舉。如果被砸到，比賽就會當場結束。

「嗚……唔……！」

但尤莉絲依然不顧一切，專注在星辰力上，試圖掙扎到最後一刻。

就在這時候——

（什、麼……？）

尤莉絲的意識突然飛到空中。

眼下是一顆巨大的藍色行星。

周圍有無數星辰。

尤莉絲發現自己似乎飄浮在太空中。

（難道——這是——這裡是——）

瞬間尤莉絲領悟到。

這就是『那一側的世界』。

充滿萬應素的太陽系。

神明確實存在的宇宙。

（——！）

感覺到龐大，過於巨大的事物認知到尤莉絲這個渺小的人。

可是——在該事物接觸到尤莉絲的意識前，尤莉絲就被拉回現實。

尤莉絲注視著宛如時間暫停般，即將砸向自己的瘴氣手臂。

思緒依然混亂。

僅僅隱約理解到，自己的體內轉瞬之間開啟了『孔穴』，與另一側世界連結。

『孔穴』迅速封閉，但也因此保全了尤莉絲的意識。

這一瞬間的邂逅——尤莉絲憑感覺理解了萬應素為何物，以及星辰力的本質。

她明白這是神明的氣息，也是萬物之源。

現在的尤莉絲做得到。

即使要支付代價也無妨。

只要能贏得這場比賽，什麼代價都拿去吧。

「綻放吧——月華美人・多重開。」

尤莉絲嘴裡嘀咕的同時，時間再次流動。

總共十二朵月下美人之花，像曼荼羅一樣在尤莉絲身後燦爛綻放。

十二秒乘以十二朵花——換句話說，接下來的一百四十四秒真的是尤莉絲獲得的最後時間。之後尤莉絲不知道自己會怎樣，也不想知道。

瘴氣手臂直撲而來，要壓扁與蒼白火炎同化的尤莉絲。尤莉絲瞬間使出巨大火炎劍，一劍將手臂劈成兩半。

「盛開吧——白炎斷刃花。」

像甩血一樣一揮火炎劍，尤莉絲喊出招式名稱。

「……是嗎？原來妳也見到了那個世界，尤莉絲……！」

即使驚訝，奧菲莉亞似乎也立刻察覺。

她的臉上浮現一抹淺淺的笑容。

尤莉絲並未回答，飛上空中大喊。

「綻放吧——吞龍咬焰花・多重開！」

火炎龍透過月華美人注入了龐大星辰力，扭動著七顆頭撲向奧菲莉亞。

「——噬碎毒龍。」

奧菲莉亞以瘴氣產生漆黑的龍，筆直迎擊尤莉絲的炎龍。

純白色火炎與純黑色瘴氣交鋒，不相上下。

『真、真是太驚人了！好驚人的戰鬥啊！好厲害！只能用厲害這個詞形容！』

『哇哈哈哈哈！就是這樣！這才是我一直、一直想看的比賽！』

現在的尤莉絲已經聽不見咪子與札哈露拉的聲音。

這一刻除了奧菲莉亞以外，尤莉絲感覺不到任何事物。

火炎龍與瘴氣龍的交鋒結果兩敗俱傷。像煙火一樣爆炸，留下火炎與瘴氣的殘渣後消失。

「綻放吧——純白焰尾華．叢生！」

尤莉絲一揮手臂，頓時綻放無數純白色的半夏生，籠罩整座舞臺。接著所有白花一起爆炸。

超大範圍攻擊，目標是炸飛整座舞臺。

然後尤莉絲追擊縱身一跳，逃往空中的奧菲莉亞。

「綻放吧——燦爛赤炎刀！」

幾百支火炎刀包圍了空中的奧菲莉亞。

根據尤莉絲的推測，奧菲莉亞沒有飛行能力。如果她會飛，應該早就毫不保留使用了。

所以照理說，她應該無法在空中躲過這一招。

「——攀折真理之枝。」

可是卻憑空出現無數觸手，抓住所有瞄準奧菲莉亞的火炎刀。黏糊糊的觸手應該是剛才使用過的液化瘴氣。

而且連尤莉絲身邊的空間也頓時扭曲，突然出現觸手攻擊而來。

「嘖！」

對現在的尤莉絲而言，足以應付這種攻擊速度。可是觸手會毫無徵兆地出現，實在很討厭。尤莉絲憑藉火炎羽翼在空中翺翔，好不容易擺脫觸手——

「糟糕……!?」

尤莉絲發現的時候，只見奧菲莉亞站在地面冒出的觸手上，右手高舉。

（大絕招要來了……！）

「——巨獸踐踏！」

大量瘴氣化為烏雲籠罩舞臺頂端，直接瞄準尤莉絲落下。就像好幾道巨大瀑布一樣，壓迫力讓人恐懼。

「盛開吧──隔絕赤傘花‧特大朵！」

千鈞一髮之際，尤莉絲立刻以強化的五角形花朵代替傘，擋住瘴氣攻勢。

世界失去色彩，只聽見震耳欲聾的轟鳴聲。

其中尤莉絲依然擴大範圍，更專注地凝聚星辰力。

對手似乎也是一樣。

等瘴氣不再落下的同時，尤莉絲與奧菲莉亞兩人的聲音同時在舞臺響起。

「綻放吧──英傑炎薔薇‧花園！」

「──冥府巨神降臨！」

迎戰武曉彗時，尤莉絲靠顯現小朵火炎薔薇的招式分出勝負。雖然花朵不過拳頭大小，但是在月華美人的加持下，現在的威力完全可以突破奧菲莉亞的防禦。

這朵回憶中的花，是尤莉絲和奧菲莉亞以前在那間孤兒院的溫室培育的。

一切的起點，那條手帕上刺繡的圖案，也是這朵重要的花。

如今──化為上千朵閃耀的薔薇，布滿整座舞臺。

另一方面，大量瘴氣如爆炸般噴出，幾乎吞沒奧菲莉亞。然後變成外表凶惡的巨神，大小少說超過三十公尺。頭部呈現骷髏的模樣，宛如駭人的死者。

「燒光吧！」

在尤莉絲一聲號令，幾千朵薔薇隨即衝向冥府巨神，隨後發生數不清的爆炸。巨神毫不在意，伸手要捏碎尤莉絲。

尤莉絲緊急加速鑽過，但巨神以難以想像的速度緊跟在後。期間火炎薔薇在四面八方爆炸，削弱巨神的身軀，卻像朝山開砲一樣難以撼動。

「看我的……！」

尤莉絲集中幾乎隨意釋放的射線，盡量瞄準巨神的腹部。

結果明顯可見，射線逐漸破壞以瘴氣形成的身體。

巨神痛苦地扭動身體後，猛然睜開眼睛——更像是黑暗的空洞，瞪向尤莉絲。

感到一陣冷顫的尤莉絲選擇暫離戰線後，從巨神眼睛發射超壓縮的瘴氣，宛如一道黑色雷射劈斷了舞臺。

情急之下尤莉絲成功躲過，火炎羽翼卻被切斷。失去平衡的尤莉絲，墜落在炸得滿目瘡痍的舞臺上。

另一邊的冥府巨神也從腹部融化，正在瓦解。奧菲莉亞掙扎著爬出巨神體內。

距離月華美人的極限已經剩不到三十秒。

該決勝負了。

尤莉絲和奧菲莉亞都搖搖晃晃站起來，上氣不接下氣對望一眼。

雙方都已經做好覺悟。

相互比拚能力是沒完沒了的。

兩人默默走進，縮短間距。

然後一瞬間——兩人一蹬地面，鼓足全身的力氣揮出拳頭。

尤莉絲的拳頭命中奧菲莉亞的心窩。

奧菲莉亞的拳頭打在尤莉絲的臉上。

擁有無限星辰力的兩人，卯足了勁以拳頭互毆。

雙方甚至來不及慘叫就打飛彼此，猛然撞擊地面翻滾。

但兩人立刻再度起身。尤莉絲抹去流出的鼻血，奧菲莉亞吐掉嘴裡的鮮血，彼此再度互瞪。

剛才這一拳並非沒效。

彼此都以星辰力提升防禦力至極限。不過集中在拳頭上的星辰力，讓暴增的攻擊力遠大於防禦。

因此可能會承受不了下一擊。

這一點兩人都心知肚明。

這是吵架。

還是孩子之間在吵架。

「尤莉絲——————！」

「奧菲莉亞——————！」

兩人呼喊對方的名字，再度以拳交鋒。

這次雙方的拳頭都打中對方的側腹。

吐出空氣代替喊叫聲，尤莉絲與奧菲莉亞倚靠彼此的身體，緩緩跪倒在地。

「……我說，奧菲莉亞。」

「……什麼事，尤莉絲？」

聽到尤莉絲氣若游絲的聲音，奧菲莉亞以幾乎聽不見的嘶啞聲回答。

「不覺得……這場戰鬥很蠢嗎？」

「……我有同感。」

「可是——正因如此，必須分出勝負才行。」

說著，尤莉絲鼓起最後的力氣起身。

「……」

朝跪倒在地，仰望自己的奧菲莉亞揚起右手。

「我要還妳人情了——奧菲莉亞。」

然後一巴掌拍在奧菲莉亞的臉上。

啪的一聲。

清脆的聲音在舞臺上響起。

奧菲莉亞驚訝地睜大眼睛，隨後眼淚差點奪眶而出。跟著仰面朝天倒地，流淚笑著說。

「是我輸了，尤莉絲。」

「奧菲莉亞・蘭朵露芬，投降。」

「——比賽結束！勝者，尤莉絲＝愛雷克希亞・馮・里斯妃特！」

第五章　夢境的結束

「哈哈……這下可傷腦筋了……」

馬迪亞斯蹲下去想撿起掉落的《赤霞魔劍》，結果直接跪倒在地。鮮血不停從胸前的十字傷口溢出，轉眼間累積成一攤血窪。

他似乎已經無力站起。

「呼、呼……」

相較之下綾斗的側腹也被魔劍砍中，隨時都會昏迷。可能由於失血，手腳的感覺愈來愈遲鈍，視線也開始模糊。

但還是透過空間視窗目睹決賽的結果。

見證尤莉絲稱霸《王龍星武祭》的瞬間。

「想不到奧菲莉亞小姐居然會輸……」

語氣中帶有懊悔，同時卻彷彿卸下重擔，馬迪亞斯聲音無力地嘀咕。

綾斗竭盡最後的力氣，以《黑爐魔劍》的劍尖指著馬迪亞斯。

「如果你還要打的話——」

在綾斗說完這句話之前，馬迪亞斯閉起眼睛，緩緩搖搖頭。

「其實我很想……但是很可惜，現在的奧菲莉亞小姐不會聽從我們的指示。」

綾斗也有同感。

空間視窗顯示的奧菲莉亞，表情看不出原本糾纏她許久的放棄。她已經和比賽前判若兩人。

尤莉絲成功了。

這讓綾斗感到無比自豪。

「綾斗，我這邊也結束了。」

此時從觀眾席探出頭的紗夜告訴綾斗，並且比了個V字。

似乎也順利在時間內拆除了炸彈。

「！綾斗!?」

可能因為放心，或者真的到了極限——綾斗頓時感到天旋地轉，栽倒在地。

急忙從觀眾席跳下的紗夜，趕到綾斗身邊。

「你的傷勢……！」

紗夜抱起綾斗後，確認傷勢的狀態，頓時倒抽一口涼氣。

「我沒事……更重要的是，趕快通知其他人……」

「笨蛋！傷得這麼重，怎麼可能沒事！」

淚眼汪汪的紗夜不停拍打綾斗的額頭。

「就是說啊。他的內臟應該受了不少傷，趕快送到治療院請治癒能力者治療吧。否則就太遲了。」

「拜託，是誰害的啊……！」

聽到馬迪亞斯裝傻，紗夜氣得拔出手槍指著他。

但是紗夜懷中的綾斗，輕輕制止紗夜舉著槍的右手。

「……你也是一樣，馬迪亞斯・梅薩。雖然你的傷勢沒有我嚴重，但是沒接受治療很危險吧。一起跟我來治療院。」

「哦，你要幫助我嗎？你這人怎麼這麼天真啊。」

說到這裡，馬迪亞斯露出錯愕的苦笑。

「當然，之後會將你交給星獵警備隊。」

「哈哈哈，那可麻煩了。如果要挨那位可怕的警備隊長說教，我會想逃跑呢。不好意思，我必須拒絕。」

馬迪亞斯以一隻右手操作手機，隨即啟動小型空間視窗。

「——！」

紗夜見狀，表情頓時僵硬。

「紗夜？」

「……綾斗，那可能是——引爆開關。」

「什麼……!?炸彈不是全都拆除了嗎……嗚！」

情急之下綾斗想起身，但身體不聽使喚。

「也難怪你們不知道，這座舞臺的下方有專任決鬥者的休息室。當時我也經常被迫利用該處。即使沒當成自己專屬，我還是在那裡設置了一顆炸彈。」

他這番話——並非唬人。

馬迪亞斯·梅薩不會在最後關頭裝腔作勢。

「噢，放心吧。就算該處爆炸，也只有這座舞臺會崩塌，不足以炸毀這裡的牆壁。如果引爆觀眾席的炸彈則另當別論。但是使用萬應礦的混合式炸藥應該沒有這種疑慮。」

綾斗向紗夜露出確認的眼神，只見紗夜微微點頭。

「那你為何……」

「自己的謝幕要由自己拉下，就這樣。」

「……你不想帶我們同歸於盡嗎？」

紗夜的疑問其實非常理所當然，但馬迪亞斯卻露出失望的表情。

「妳以為我是什麼樣的人啊？」

「壞人。」

紗夜立刻回答。

「我不否認這一點……但我也討厭沒有好處的事情。事到如今拖你們下水也沒意義。」

「……」

如此表示的馬迪亞斯，與綾斗的視線交錯。

這段不可思議的時間彷彿很短，卻似乎又很長。綾斗想趁機試探馬迪亞斯的真意，結果卻未能如願。

先轉過頭去的是馬迪亞斯。

他望向斜下方，深深吁了一口氣。

「好啦，快走吧。考慮到上頭的騷動，治療院目前應該也亂成一團。再不快點，小心真的沒命。還是你們想與我同歸於盡？」

「……我們走吧，綾斗。」

紗夜扛起綾斗，將綾斗拖向柱子內側的電梯。

坐上電梯前一刻，綾斗轉頭看最後一眼，發現馬迪亞斯的視線已經不在兩人身上。

他的眼神可能一直注視著過去。

直到生命的最後一刻，馬迪亞斯・梅薩都活在過去。

——自己不需要什麼未來。

自從失去朱莉的那一天，馬迪亞斯就如此決定。

因為沒有朱莉的未來，找不到任何價值。

直到現在，馬迪亞斯依然抱持這種想法。

「對留戀糾纏不放的可悲男人，或許這才是最適合的末路……」

獨自留在《蝕武祭》舞臺的馬迪亞斯，一個人喃喃自語。

向時代復仇可能聽起來很了不起，實際上只是單純的自私。就算計畫成功，馬迪亞斯的心情也不會因此好轉。其實自己很久以前就心知肚明。

但自己還是非做不可。

肯定不會有人理解，也不期待有人能理解。

不，唯有遙。雖然很想讓她明白自己的心情，但結局依然是馬迪亞斯的任性妄為。畢竟遙無法取代朱莉。

「那麼……」

馬迪亞斯摘下面具一丟，隨手伸向空間視窗。

這時候，腦海裡突然閃過那一天的光景。

『我的願望是——』

啊，學姊……我真的好想聽妳那句話的後續。

＊

「咳咳！噗、哇！嗚……！」

狄路克痛苦地嗆咳後，睜開眼睛一瞧。發現面前是熟悉的迷糊面孔。

「太、太好了……！會長，您沒事吧？不、不對，我當然知道您現在有事，但是總之……！」

她慌張地擺動雙手，兩行眼淚不停從臉龐滑落。狄路克本來想和平時一樣咂舌

以對，不過卻打消主意。因為腹部劇痛，導致狄路克不得不咬緊牙根。可能是肥碩的脂肪幫忙偏離了威爾納的一擊，目前已經止血。至少目前的傷勢不足以立刻致命。當然如果再挨一刀，狄路克就真的會沒命。

強忍劇痛環顧四周後，狄路克發現這裡似乎是湖畔。望向湖面一瞧，遠方是Asterisk。半毀的飛艇殘骸傾斜在附近，一半船身沉入水中。

狄路克遭到威爾納攻擊後，飛艇才失去控制墜落。這麼一來，真虧自己能活下來。應該說自己的惡運還特別強嗎？

「……話說可羅奈，妳怎麼會在這裡？」

前天狄路克應該已經叫祕書樫丸可羅奈去陽雪總部出差。普通學生要離開Asterisk得辦理麻煩的手續，但可羅奈是學生會的人，即使只是名義上，只要以工作為由，就不需要辦手續。至少她昨天就該離開Asterisk了，否則說不過去。

「噢，這個……其實，呃，這個……因為會長的命令很突然，準備花了一點時間……噢，不是的！我有確實！在規定時間內準備完畢！雖然準備就緒……但可能因為熬夜的關係，我睡過頭了……起床的時候，發現飛機已經……」

可羅奈愈辯解聲音愈小，聽得狄路克連罵她的力氣都沒有。Asterisk的水上國際機場有通往世界各地主要都市的航線，但規模並不大。一天頂多一兩班直達班機，如果錯過一班，很有可能得等到隔天——也就是今天。

可是延到今天代表……

「然、然後呢，本來今天要準時出發，卻突然碰上……呃。恐、恐攻嗎？所以就出不了Asterisk了……」

「知道了知道了，別再說了。話說——是誰帶妳來這裡的？」

狄路克以犀利的聲音質問後，後方不遠的樹蔭下現出兩個人影。

「哦～真不愧是《惡辣之王》，有夠犀利。」

「不這樣就沒意思啦。」

一名少年個子矮小，整張臉躲在風帽底下。雖然看不見表情，口氣卻帶有幾分輕視與貶低。

另一人是身材魁梧，淺黑色皮膚的黑髮青年。臉上的鬍碴與柔和的容貌乍看之下給人和藹可親的感覺，但狄路克可沒有笨到看不出他表情深處的負面情感。

「記得你是……哥斯・凱布特吧。」

「哦，你居然知道我這種人，真是高興啊。」

魁梧青年——哥斯在本屆《王龍星武祭》開幕賽中，曾經與天霧綾斗交過手。是滅星煌式武裝的使用者。

而且他目前是亞修達荷的特務——這個組織由已經滅亡的兩間統合企業財團，薩曼達爾與瑟威庫拉勒的殘存分子聚集而成。

況且可羅奈既然留在Asterisk，就不可能獨自脫困。況且她也沒有能力從墜毀的飛艇救出狄路克，肯定有人幫她。

亞修達荷當然不會單純出於善意伸出援手，勢必另有目的。

「啊，對了！就是這樣！這兩位是來救會長您的！恐攻導致整座Asterisk亂成一團，我也在不知所措之際，偶然遇見這兩位。哎呀，他們幫了我好多忙呢……」

完全不知道內幕的可羅奈，天真地不停向兩人鞠躬道謝。想也知道這不是偶然，這兩人知道可羅奈是狄路克的祕書，才會主動接觸。

「……哼，真虧你們能找到我在哪裡。還以為亞修達荷只是一群喪家犬的集合，想不到挺能幹的。」

連拚命追查狄路克的英士郎與《無貌》梅西歐爾，最後都一無所獲。

結果兩人互望彼此，同時聳了聳肩。

「不不不，你太抬舉我們了。」

「沒錯，我們也沒發現你在哪裡啊，所以才會接觸她。」

「啊……？這是怎麼回事？」

狄路克忍不住皺眉。

「她怎麼可能知道我在哪裡。」

雖然可羅奈擔任狄路克的祕書，但是工作內容和打雜沒兩樣。政策立案與實務方面有副會長輔助，而且狄路克從未交給他們真正重要的案件。因為他不信任自己以外的人。可羅奈身為《魔女》的能力多半是唯一能猜到狄路克位置的方法。可是不僅成立條件極為嚴格，應該也很難精準定位。

結果。

「咦？呃，我不知道是什麼意思……可是找到會長在哪裡的人……是我喔？」

「……妳說什麼？」

狄路克瞪了一眼，可羅奈隨即小聲尖叫，瑟瑟發抖。

這次狄路克搭乘的飛艇，與平時和金枝篇同盟開會時的那一艘完全不同。持有人不僅和狄路克毫無瓜葛，也與楊雪無關。不論怎麼從狄路克的身邊調查，照理說絕對查不到這艘飛艇。

「因、因為因為，不論怎麼聯絡，會長都不肯接電話……我心想這種情況下，會長要是有個萬一就糟了……所以我嘗試了占卜。」

「妳占卜？」

「是、是的！我占卜會長的情況，以及所在位置等各方面……結果是最壞的情況下，會長會在空中……這時候我抬頭一瞧，正好見到一艘飛艇筆直墜落湖中！我心想會長肯定在那艘飛艇內……咦？會長？」

見到狄路克沉默不語，可羅奈不解地歪頭。

可羅奈的能力的確是占卜。不過連她自己都沒發現，自己的能力是絕對不準的預知——一天僅限一回，而且必須在傍晚才能發動。如果可羅奈剛才這番話可信，代表這次的占卜不是能力，而是瞎貓碰上死耗子。

換句話說，她能猜到自己所在位置，純粹只是巧合。

這時候，臉躲在風帽中的少年悄悄接近狄路克，在耳邊壓低聲音開口。

「說真的，其實我們刺探出你的祕書擁有不得了的能力，卻不知道能力的詳情。這女孩真是厲害啊。」

一瞬間狄路克以為他在瞧不起自己，其實不是。

他真的以為可羅奈的無聊占卜是她的能力，而且還利用此能力找到狄路克的所在位置。

「呵……哈哈！呵呵！呵呵呵……！哈哈哈哈哈！」

狄路克再也按捺不住。

「咦?會、會長?」

「怎、怎麼了?」

可羅奈、少年與哥斯都一臉錯愕地看著狄路克。

想不到。

竟然有這種事。

單純的偶然與粗淺的誤解重疊，居然一口氣打破了狄路克至今精心策劃的戰術與策略。甚至超越了英士郎與梅西歐爾等人的努力與苦心，以及瓦爾妲、馬迪亞斯的算盤，最後抵達真相——天底下還有這麼不講理的事情嗎?

面對如此不講理的命運，狄路克只能大笑以對。

真是蠢到家了，無聊透頂。

狄路克大笑一段時間後，掏出手機指向可羅奈。

「喂，可羅奈。我短時間回不去了，所以妳暫時代理雷渥夫的學生會長。委任函與必需資料已經傳送到妳的手機了，確認一下。」

「啊……?」

不明白這句話意思的可羅奈，眨眨眼睛表示不解。

「咦，不會吧——————!?」

一段時間後似乎終於理解，突然發瘋似地尖叫。

「不、不行不行不行！真的不行啦！我怎麼可能當得了學生會長……」

「──小鬼，讓她睡一下，她吵死人了。」

狄路克開口吩咐後，少年嘴裡嘀咕「憑什麼命令我們啊」，但還是輕輕一碰可羅奈的脖子。

「!?嗚呀……」

可羅奈頓時昏睡過去。

「哦……我倒是無所謂，但你這麼做真的好嗎？」

哥斯露出意外的表情，狄路克對他的眼神咂了一聲舌。

「我才懶得管你們，話說趕快講正事吧。你們這些亞修達荷的走狗，是來拉攏我的吧。」

這一瞬間，感覺四周的溫度陡降。

哥斯與少年都露出原本的真面目。

「哦……還好我們很快達成共識。」

黑暗，悽慘又冰冷的世界──狄路克正置身於此。

反正根本無路可逃，事到如今狄路克也懶得逃跑。

「好啊。雖然我非常討厭你們，但同為天涯淪落人，聯手又有何不可。」

在狄路克不算長的人生中，包括過去與未來，此時此刻是他唯一笑出來的一次。

*

《王龍星武祭》決賽後——亦即席捲整座 Asterisk 的恐攻事件後的一週內，真可謂高潮迭起。

首先純論結果，算是順利阻止了金枝篇同盟的計畫。

後來比照《翡翠黃昏》事件，以《金枝午刻》事件稱呼一連串騷動。相較於破壞規模，奇蹟的是居然沒有任何人死亡。主因是星獵警備隊迅速出動，並且各學園的學生們積極幫忙穩住局勢。到了決賽當天傍晚，在整座 Asterisk 暴動的擬形體全都停止了活動。不過有超過一萬人受傷，還有幾人失蹤，因此肯定是一起悲慘的事件。另外失蹤者名單包括馬迪亞斯・梅薩與狄路克・艾貝爾范。

並且幾乎與《金枝午刻》同一時間，全世界各地都爆發恐攻。這件事也造成重大衝擊，深深烙印在民眾的記憶中。發生數起大規模、加上幾十起中等規模的恐攻，遺憾的是造成不少人傷亡。

當然檯面上不會提及，這些恐攻很有可能受到《瓦爾妲＝瓦歐斯》的煽動。由於《瓦爾妲＝瓦歐斯》遭到破壞後依然發生恐攻，不知是否如她所說，一旦開始就沒有回頭的餘地。或者即使《瓦爾妲＝瓦歐斯》的能力失去影響，依然有某些事情驅使這些人行動……如果《瓦爾妲＝瓦歐斯》還活著，恐攻規模可能擴大至好幾倍——甚至幾十倍——以上。阻止恐攻規模擴大的功勞應該算在克勞蒂雅等人頭上，雖然整件事情都在檯面下祕密處理。

一連串事件的現場都由星獵警備隊應對。不過還是依照慣例，由各統合企業財團共同公開情報。因此檯面上發表的內容只能掌握事件的輪廓。

主謀是自稱金枝篇同盟的恐怖組織。由於事件前後並未收到犯罪聲明，所以不知道他們的目的（倒是有幾件聲明無法確認真偽，或是明顯跑來蹭熱度的，在此按下不表）。不過很有可能與世界各地發生的其他恐攻有關，目的同樣是要求解放《星脈世代》並擴大權利。目前正在調查金枝篇同盟的成員，並且已經鎖定高度涉嫌的嫌疑犯。其中更成功逮到數人，因此該組織很難再度引發恐攻——簡單來說，這些就是統合企業財團公布的所有情報。總而言之，既模糊不清又缺乏實質內容。

實際上執行者奧菲莉亞，以及直接聽當事人親口說過的綾斗等人皆作證。因此統合企業財團十分清楚金枝篇同盟想推動的計畫全貌，並且相當準確。

唯一例外是《瓦爾妲＝瓦歐斯》的相關情報。這種純星煌式武裝有自我意識，會奪取人類的身體，並干涉他人的精神。即使有許多證詞，依然無法證實這種難以置信的事情，更何況沒有物證。雖然確認有受害者遭受精神干涉，但財團僅承認有能力者擁有這種力量，並未進一步深究。最害怕真相公諸於世，想盡辦法私底下解決的就是銀河，如今他們也鬆了一口氣。當然根據克勞蒂雅的說法，其他統合企業財團似乎也隱約察覺。所以據說克勞蒂雅自行處理了《瓦爾妲＝瓦歐斯》的殘骸。

「有備無患，關鍵時刻才能當作保護我們的王牌吧？」

綾斗等人的確知道太多祕密。雖然伊莎貝拉以人身安全向眾人交易過，但她終究只是最高經營幹部之一。誰曉得銀河哪天會不會改變想法，除掉知道《瓦爾妲＝瓦歐斯》祕密的綾斗等人——就像以前除掉克勞蒂雅一樣。因此由克勞蒂雅掌握《瓦爾妲＝瓦歐斯》的殘骸當作物證，應該可以阻止銀河輕舉妄動。

閒話就到此為止。

統合企業財團已經掌握事件全貌，卻依然公布這種不清不楚的情報。根據克勞蒂雅的說法，原因似乎是所謂『高度政治交易的結果』。主謀馬迪亞斯・梅薩是星導館的人，另一名主謀狄路克・艾貝爾范與正犯（未遂）奧菲莉亞・蘭朵露芬屬於雷渥夫。葵恩薇兒的烏絲拉・思文特雖然受到精神干涉而失去自我意識，但她的身體依然是主謀。聖嘉萊多瓦思的帕希娃・嘉多納據說同樣受到精神干涉，不過她是實際行動的恐攻正犯。另一名恐攻正犯，提供大量擬形體的艾涅絲妲・裘奈是阿勒坎特的人。其餘與金枝篇同盟牽連的人，即使程度與本人想法不一致，都與五間學園——亦即與五間統合企業財團有關。如果指責其他財團，等於打自己的臉。當然，銀河與陽雪分別有一名主謀，責任肯定比其他財團大。不過只是程度問題，牽涉這起事件本身就不能公諸於世，所以為了彼此的利益，眾財團一致決定隱瞞嫌犯與相關人物。可以說，唯一與金枝篇同盟完全無關的界龍掌握不少優勢。但如果投反對票，就會變成五比一，反而變成被打壓的少數，賣其他財團一個人情可能比較賺。

基於這種情況，實際阻止金枝篇同盟計畫的綾斗等人也沒受到什麼獎勵。當然沒有人稀罕財團的獎勵，所以沒什麼問題。反而因為擅自行動，被伊莎貝拉、赫爾加與遙臭罵了一頓。

另一方面，在檯面下善後也有好處。金枝篇同盟相關人物沒有受到公開制裁，代表有交易的空間。尤其烏絲拉與帕希娃明顯受到精神干涉的影響——兩人更像受害者。多虧克勞蒂雅的交涉，受到的處分並不重。條件是綾斗等人與各統合企業財團簽訂數層保密契約，這樣的代價算很輕了。

接下來聊聊個人的事情。

綾斗逃出《蝕武祭》舞臺的時候已經昏迷，聽說是由紗夜護送。即使綾斗的塊頭不大，但如果紗夜不是《星脈世代》，可能也很難辦到。

後來紗夜同樣發現已經昏迷的綺凜。嬌小的身軀扛著比自己個頭大的兩人，不時連拖帶拉，可知她的辛苦非同小可。即使紗夜是《星脈世代》，若不是能輕易揮舞大型煌式武裝，多半也很辛苦。

對紗夜而言，之後似乎才是最困難的地方。

「……迷路了。」

沒錯，沙沙宮紗夜是重度路痴。憑她一人根本不可能走出結構複雜離奇的地下區域。由於地下區域收不到普通訊號，一不小心紗夜背著的綾斗可能會斷氣。

這時候出乎意料——拯救紗夜的是夜吹英士郎。

當時英士郎應該正在追查狄路克・艾貝爾范的所在位置。雖然只差臨門一腳（根據英士郎的說法），可惜狄路克似乎搭乘飛艇逃跑了。之後在克勞蒂雅的指示下，前來救援綾斗等人。沒逮到狄路克，本來對綾斗等人的計畫而言相當致命，幸好尤莉絲打動了奧菲莉亞，最後化險為夷。

不過這時候，紗夜已經離開《蝕武祭》的會場，在地下區域徘徊。原本英士郎也無法輕易發現紗夜，不過在追問下，他才別過頭去承認——

「這個，呃……我不是給了妳破解工具嗎？那臺工具我動了點手腳……」

簡單來說，似乎暗藏了調查位置資訊的特殊代碼，其中可能使用了專門的高級技術，在訊號不通的地下區域也能發送。不只是紗夜，他似乎也對綾斗、尤莉絲、綺凜與克勞蒂雅等人暗地動了相同的手腳。怪不得英士郎總是能找到自己在哪裡。

聽到他的解釋後，紗夜也只能接受。

紗夜當然很生氣，可是因此獲救也是事實。所以當場沒有對英士郎發脾氣，只抱怨了幾句。

「我也變成熟了，了不起。」

然後紗夜一臉得意地點頭。

附帶一提，隔天英士郎被紗夜火力全開，一砲轟飛。

治療院擠滿了恐攻傷患，不過綾斗身負瀕死的重傷，得以最優先接受治癒能力者的治療，這才逃過一劫。綺凜的傷勢不如綾斗嚴重，但依然是重傷。所以在緊急包紮後接受治癒能力者治療。

這時候席爾薇雅與美奈兔也進了治療院。兩人都受了重傷，但沒有性命之憂，所以接受普通療程。過幾天見到美奈兔等人的時候，她身上還滿是繃帶，綾斗覺得很過意不去。

席爾薇雅被《瓦爾妲＝瓦歐斯》奪取身體而暫時陷入昏睡，整整一天才醒來。她拯救的烏絲拉可能由於長時間受控制，睡了五天才醒。這段期間席爾薇雅似乎一直陪在她身邊。等烏絲拉終於甦醒時，席爾薇雅飛奔到病床旁緊摟著她，開心地流淚。但烏絲拉好像幾乎不記得受到《瓦爾妲＝瓦歐斯》控制期間的記憶，一臉困惑。

不過。

「──噢，不過好像在夢中聽到妳在唱歌呢。」

說了這句話後，讓席爾薇雅哭得更感動。

在那起事件之後──亦即《王龍星武祭》決賽後過了一星期。今天終於舉辦延期的頒獎典禮。

＊

「乾杯──！」

厄托那飯店大廳。

頒獎典禮結束後舉辦招待會，規模盛大堪稱前所未見。

部分原因是本屆《王龍星武祭》特別熱鬧。更重要的是轉移注意力，不再聚焦於《金枝午刻》的痕跡。同時主辦單位也想著重於復興的主軸。

平時招待會除了學生會長以外，只有參加《星武祭》的選手能出席。不過這次允許每位選手帶一位同伴，因此綺凜等人也聚集在會場。

「才剛發生那麼嚴重的事件，居然舉辦這麼盛大的活動。該說營運委員會膽子特別大，還是缺乏危機意識呢。」

注視超過五百人，盛況空前的招待會大廳，紗夜錯愕地表示。

「我知道妳擔心，馬迪亞斯・梅薩與狄路克・艾貝爾范兩人至今行蹤不明。不過營運委員會也想以新的話題掩蓋，希望民眾盡快忘記這起事件。畢竟本屆《王龍星武祭》這麼盛大，委員會不希望半途而廢吧。副委員長……不，新任營運委員長也很拚命呢。」

克勞蒂雅露出意有所指的笑容，端起杯子飲用。另外杯中物是無酒精的香檳。

接獲綾斗等人的報告後，星獵警備隊立刻派遣隊員前往《蝕武祭》會場遺址。但當時舞臺似乎已經完全崩塌。後續調查後判定，舞臺崩塌的原因是大爆炸，卻沒發現馬迪亞斯的遺體。當然從爆炸規模推斷，他可能已經炸得屍骨無存。目前當成失蹤，將來或許有可能判定為死亡。

「就算他僥倖苟活，也很難徹底擺脫統合企業財團。畢竟《瓦爾妲＝瓦歐斯》已經不存在了。」

席爾薇雅伸手拿起放在桌上的烤點心，丟進嘴裡。

「但、但是不管怎麼說，大家能再度聚在一起，真是太好了……！」

綺凜似乎還是不習慣這種場面，表情有點緊張地表示。

實際上，綾斗等人這一星期接連受到赫爾加的調查，都沒有機會好好開口。即使綾斗等人阻止了金枝篇同盟的計畫，也不代表眾人的立場可以高枕無憂。多虧克勞蒂雅滴水不漏地向統合企業財團交涉，赫爾加也正確誠摯地呈報結果，好不容易才平息風波。

「是啊。所有人都能再次聚集，真的太好了。」

綾斗也坦率地同意綺凜的意見。

「所以說——再次恭喜妳在《王龍星武祭》奪冠，尤莉絲。」

「——噢，嗯。謝謝你，綾斗。」

綾斗道賀後，舉起手中的玻璃杯。站在一旁的尤莉絲隨即有點害羞地轉過頭去。

「……嗯，這時候就老實地恭喜妳吧。」

「是啊，沒錯，恭喜妳，尤莉絲。而且還要感謝妳，想不到我擔任學生會長的期間，竟然有人達成大滿貫的壯舉。而且本屆是難得的綜合冠軍，真的無可挑剔呢。」

「哎，我原以為戰勝奧菲莉亞的人肯定是我呢……不過恭喜妳！」

「真的非常恭喜妳！比賽非常精采，沒有親眼見證真的好可惜！」

其他人也接二連三祝福，依序向尤莉絲舉杯道賀。

「呃，這個……怎麼說呢。因為我的任性造成大家的困擾，聽到大家坦率地祝賀，覺得既難為情又不好意思……」

「——沒有人覺得困擾啊。」

聽到綾斗這麼說，尤莉絲有些吃驚地筆直注視綾斗。

然後視線緩緩望向其他人。

在場所有人都露出柔和的笑容。

「是嗎……也對。那麼我該這麼說，謝謝大家。多虧大家的幫忙，我才能拯救奧菲莉亞。」

直截了當的感想，很有她的風格。

所以才能直接感受尤莉絲的心情。

「其實奧菲莉亞能來到現場就更好了……不過很難吧。」

奧菲莉亞在決賽後立刻發高燒昏倒，目前住進治療院的隔離病房。由於停止注射藥物，加上與尤莉絲戰鬥時濫用絕招，聽說還一度命危。不過多虧科貝爾院長的治療，好不容易熬過難關。況且奧菲莉亞的身體隨時在散發瘴氣，一開始以為需要特殊的專用病房。但毒素的分量與濃度似乎已經迅速衰減。治療過程中還接受警備隊的偵訊，她也老實地回答。

即使未遂，奧菲莉亞依然是大屠殺計畫的執行者，也是金枝篇同盟的核心成員。表面上沒有受到處分，卻受到統合企業財團的嚴密監視。哪怕她沒有住院，應該也無法參加這種活動。

「說起來我也好想帶烏絲拉來呢～」

席爾薇雅也噘起嘴表達不滿。

烏絲拉也在統合企業財團的監視下。不過醫學上已經證實她曾受嚴重精神干涉，自我意識遭到封鎖，所以不像奧菲莉亞那樣層層受限。她這次純粹因為科貝爾院長沒有同意，才無法參加活動。

「──不好意思打擾各位暢談。」

這時候，一群穿著嘉萊多瓦思制服的人前來。

「這次感謝各位關照我們學園寶貴的學生。並且為她造成的麻煩，代替她本人向各位道歉。」

站在前頭的艾略特・佛斯達鄭重低頭致意。

不用說也知道，他指的是帕希娃。聽說她受到的精神干涉比烏絲拉更嚴重，內心嚴重受創，目前依然在治療院昏睡。

金枝篇同盟的計畫與詳情應該是向各學園高層保密，不過似乎透露了概要。

「呃，其實她也是受害者，不用這麼麻煩……」

「不！請務必讓我們道謝！無論如何都請您接受！」

列媞希亞・布蘭查得打斷綾斗的話，走上前來。

不過她這番話聽起來一點也不像在道謝。

「哎呀……列媞希亞還是一樣強勢呢。」

「話說克勞蒂雅，妳不是也相當亂來嗎？雖然無法得知詳情，不過我可以想像得到。」

「呵呵，妳說呢。」

克勞蒂雅與列媞希亞很有默契地彼此面露笑容。

除了列媞希亞以外，前任銀翼騎士團成員似乎都到齊了。包括諾愛兒・梅斯梅爾與亞涅斯特・費爾克勞。

「聽說……阻止她的是刀藤同學。真的太感激您了。」

「不、不敢當！我只是盡自己的能力而已……！」

見到艾略特再度低頭致謝，綺凜誠惶誠恐地搖頭。

「不過……真虧您能戰勝發動《聖槍》的嘉多娜學姊呢。」

「該說純粹運氣好嗎……老實說，我覺得自己即使落敗也不足為奇。」

這多半不是謙虛，而是事實。對於戰鬥，綺凜的個性是不會毫無意義地謙虛。

想法可能傳達給對方，艾略特仔細注視綺凜的眼睛後，轉過身去。

「總有一天想嘗試與妳交手呢。」

留下這句話後便離開。

「哈哈，年輕真好。多虧你們的幫忙，可愛的學弟大幅成長了呢。」

其實年紀也很輕的亞涅斯特恭敬地敬禮後，隨即追上艾略特。

「──真是的，早知道的話，當初就應該再續任一段時間。」

亞涅斯特離去之際，綾斗沒有錯過他眼中閃過的犀利劍氣。

「說這什麼話呢，現在依然不比之前遜色啊。」

一臉錯愕的席爾薇雅嘀咕，綾斗與綺凜也完全同意。

「喵哈哈！各位都好嗎！」

「拜託，艾涅絲姐！別吵吵鬧鬧的，很難看耶。」

嘉萊多瓦思一行人離去後，緊接著前來的是一如往常熱鬧的阿勒坎特眾人。

包括艾涅絲姐・裘奈，卡蜜拉・帕蕾特，以及自律式擬形體阿爾第、莉姆希與蕾娜媞。

「紗夜！來玩吧，來玩吧！」

一見到紗夜，蕾娜媞頓時興奮得像小狗一樣飛撲。

「在這裡不行，而且我目前手邊的煌式武裝都報銷了，怎麼可能一個星期全部修理完畢。」

紗夜嘴裡抱怨，同時試圖拉開蕾娜媞，但完全拉不動。

她似乎也相當親近紗夜。

「哈哈哈！我的妹妹今天也一樣可愛！」

「嗯，就是啊。如果站在我身旁的愚蠢無能大呆瓜有她百萬分之一可愛，我也能稍微過著安穩的日子。」

阿爾第與莉姆希的招牌對口相聲還是一如往常。

「聽說兩位在那起事件時幫助過姊姊，感謝你們。」

聽遙本人說，死守飛艇起降場之際，受到阿爾第與莉姆希的協助。

「小事一樁！我們只是遵從主人的命令而已！」

「是啊，區區小事，不足掛齒。如果真的想要道謝的話，就感謝主人吧。」

既然兩人都這麼說。

艾涅絲妲像貓一樣，被卡蜜拉拎著脖子拉過來面對面。只見她慌張地揮揮手。

「啊，沒關係啦。我只是為了明哲保身而已！」

直言不諱也是她的特點。回想起來，第一次見到她的時候就是這樣。

「對啊。她現在能大剌剌拋頭露面，就是想盡辦法明哲保身的結果。」

「不過輿論的壓力還是很強吧？」

克勞蒂雅說得沒錯，如今依然有許多不安的視線望向阿爾第。

這也難怪，阿爾第的外表與《金枝午刻》事件中大肆作亂的擬形體一模一樣。

不論統合企業財團怎麼隱瞞細節，唯有這一點藏也藏不住。表面上沒有公布關聯性，但艾涅絲妲與阿勒坎特肯定飽受批判，算是這起事件中的眾矢之的。

「沒關係啦，當初就猜到會這樣了。」

「……什麼意思？」

蕾娜媞緊摟的紗夜露出訝異的視線，望向艾涅絲妲。

「喵哈哈，這·是·祕·密！真要說的話，算是基於長遠眼光的事先布局喵～」

她的聲音快活又開朗，卻又毫不猶豫承認背地裡有陰謀。這也算是她的個性。

「對了紗夜，最近能找時間來我在阿勒坎特的實驗室一趟嗎？妳那個叫S模組吧……我受到它的啟發，也想做個有趣的東西看看。雖然還在試作階段……」

「哦，真有意思。」

卡蜜拉與紗夜一言為定後，阿勒坎特一行人跟著離開。

「呵呵呵，真是熱鬧啊。認識的對象紛至沓來哪？」

「！」

接著現身的是《萬有天羅》范星露率領的界龍眾強者。

是曾在《獅鷲星武祭》交手過的黃龍隊，武曉彗、趙虎峰，瑟希莉・王。似乎還有在《鳳凰星武祭》讓綾斗與尤莉絲吃足苦頭的黎沈雲、黎沈華雙胞胎。

「哎呀，公主會出席這種場合，真是難得。」

「是啊，有點驚訝呢。」

身為學生會長，認識星露的席爾薇雅與克勞蒂雅，都一臉訝異注視她。

「沒什麼，因為本屆《王龍星武祭》意義非凡啊。老娘也得慰勞一下魎山泊鍛鍊出來的小鬼才行哪。」

說著，星露哈哈大笑。

魎山泊是星露針對《王龍星武祭》創立的場所。透過實戰，鍛鍊星露相中的其他學園學生。其中的代表人物——

「尤其是尤莉絲，妳在決賽的表現超出老娘的期待哪。想不到妳能提升至這麼高的境界。」

「……不，這是多虧妳的幫忙。憑我自己修行肯定無法達到這種地步。感謝妳。」

星露咧嘴一笑，回握尤莉絲伸出的手——然後突然表情凝重。

「嗯……老娘有隱約猜到，果然沒錯嗎？」

「果然瞞不過妳呢。」

尤莉絲露出有些寂寞的苦笑，閉起眼睛。

「就是這樣。不好意思，可能沒辦法遵守之前和妳的約定了。當然如果妳不嫌棄現在的我，倒是可以陪妳過招……」

「不，沒關係，無妨。」

星露吁了一口氣後，微微搖頭。

「看到那麼精采的決賽，已經足夠了。」

（……到底是指什麼呢？）

綾斗心生懷疑，正準備開口時——

「這、這個，席爾薇雅小姐！您在《王龍星武祭》演唱的新曲子，每一首都好棒！尤其半準決賽詠唱友情的歌曲實在太棒了……！請問在演唱會上聽得到嗎!?」

虎峰彷彿再也忍不住，不停向席爾薇雅開口。原來他是席爾薇雅的頭號粉絲。

「虎峰你真是的……」

瑟希莉看虎峰的眼神，就像看傷腦筋的弟弟一樣溫暖，卻又帶有些許不同的感情，像是鬧彆扭的眼神。

「刀藤綺凜。以前我說過，我欠妳一個人情。希望有機會與妳交手……」

不出所料，曉彗主動邀請綺凜再度一決勝負。

「這、這個，我當然很想答應……可是目前我可能無法滿足您的要求……」

綺凜的純星煌式武裝《芙墮落》已經耗盡所有劍氣。純憑劍技的話，沒有劍氣也無妨。但曉彗想要的應該是全力決鬥。

「沒關係，又不是立刻要比。等彼此在萬全狀態下再說吧。」

曉彗似乎也知道這一點，補充了這一句。

「剛才還有《輝劍》呢，綺凜真受歡迎。」

「沒、沒有啦……」

聽到紗夜的調侃，綺凜紅著臉，視線朝上偷瞄綾斗。

沒錯。如今一切都塵埃落定，綾斗也必須給予答覆。不只對綺凜，也包括眾人。

「我們的人真是——」

「——和他們裝什麼熟啊。」

另一方面，不遠處的雙胞胎表情有些不滿，拚命將菜餚裝在小盤子上。兩人絲毫未變，倒是讓人有些放心。畢竟完全無法想像這對雙胞胎坦率的模樣。

「有了有了，終於找到他們了。人實在是太多了。」

「等一下，夜吹，別一個人帶頭猛衝行不行！話說你的步法是怎麼回事，為何在這種人潮裡還不會撞到任何人啊！」

接著出現的是英士郎與雷士達。

然後是——

「原來你們在這裡啊！拜託，找你們好久了呢。」

「姊、姊姊！等一下嘛！」

依蕾奈・兀兒塞絲與普莉熙拉・兀兒塞絲姊妹。

這兩組人幾乎同時來到綾斗等人面前。

「……喲，依蕾奈・兀兒塞絲。」

「你是……雷士達・馬可菲爾。」

雷士達與依蕾奈兩人的視線交鋒，迸出火花。

這兩人前有《鳳凰星武祭》，後有本屆《王龍星武祭》的新仇舊恨。上次是依蕾奈獲勝，這次則是雷士達。一勝一敗，正好打平。因此兩人都不相讓。

「不用我提醒吧，姊姊，在這裡不可以吵架喔。」

不畏懼一觸即發的緊繃氣氛，普莉熙拉勇敢往前一步。

「唔……！知、知道啦，普莉熙拉。我又不是來找他吵架的。」

這對姊妹與外表相左，妹妹比姊姊強勢許多。依蕾奈頓時退縮，取而代之普莉熙拉轉身面向綾斗等人，恭敬地敬禮。

「抱歉突然打擾各位了。還有馬可菲爾同學，抱歉姊姊失禮了。」

「噢，嗯……」

如此一來雷士達也不好發作，只能退讓。

「那麼再一次恭喜各位。不只達成大滿貫，還有賽季總分冠軍，真的很了不起呢。」

她的讚美毫無矯飾或算計，純粹發自內心。

「嗯，謝謝你。」

可能因為這樣，尤莉絲也坦率接受她的好意。

「不過普莉熙拉同學，妳和席爾薇的比賽也很不得了呢。」

「嗯嗯，她好厲害。」

綾斗稱讚後，席爾薇雅用力點頭表示贊成。

「咦！您有觀看嗎……？」

「當然。妳變強了呢，普莉熙拉同學。」

「──────」

聽到這句話，普莉熙拉雙手在胸前緊握。彷彿回味這句話，閉起眼睛一段時間。

「非常感謝您……！」

依蕾奈一語不發，輕輕摟住普莉熙拉的肩膀。

實際上普莉熙拉雖然是《星脈世代》，但幾年前還是毫無戰鬥經驗的外行人。能在短期內鍛鍊基礎力量──即使魎山泊這種超乎尋常的鍛鍊場發揮了效果──能與席爾薇雅同臺較勁，真的值得佩服，肯定需要非比尋常的努力。

『因為我覺得不能一直靠姊姊保護。』

想起某一次學園祭上，她說過這句話。如今她實現了自己的承諾。

「話說尤莉絲，妳該不會忘記了約定吧？」

規矩地等待兀兒塞絲姊妹說完話後，雷士達往前擠。

「這個……嗯，行啊。想挑戰隨時放馬過來。一言為定，我和你交手。」

「好，這樣才對！」

雷士達一抱拳，開心地露出笑容。

「啊？雷士達・馬可菲爾，你想找《華焰魔女》決鬥？你沒看到那場決賽喔，她可是戰勝過奧菲莉亞・蘭朵露芬的人耶。你怎麼可能打得贏她。」

「少囉嗦！我有我自己的原因！局外人閉嘴！」

「啊？你說什麼！」

雷士達與依蕾奈再度互瞪。

「哎，有你們在真的不會無聊耶。你們總是能提供各種新聞。」

開心地注視眾人的英士郎，雙手捧著後腦杓，同時瞥了綾斗一眼。

「那是身為影星特務的印象嗎？還是身為新聞社的見解？」

「不，只是身為狐朋狗黨的感想。」

說著，英士郎咧嘴一笑。

之後熟人與朋友頻頻來拜訪綾斗等人。

有擔任警衛，巡邏會場的赫爾加與遙。以美奈兔與柚陽為首的團隊成員……加上《崩彈魔女》拜歐蕾特・溫伯格。還有教師谷津崎匡子、紗夜的學妹九頭鞍鵺子，等星露離去後獨自前來拜會的梅小路冬香。以及不知怎麼混進會場的露薩盧卡隊成員，甚至有本屆《王龍星武祭》擔任解說的札哈露拉。

與這些人暢談過，終於可以喘口氣後，綾斗等人偷偷溜出與大廳銜接的庭園。因為除了熟人與朋友以外，連不認識的人都開始聚集。實在沒精力再應付這些人了。

「哎，終於解脫了嗎？」

「呵呵，辛苦了。畢竟妳達成了大滿貫這種壯舉嘛，就當成是命運囉。」

克勞蒂雅語帶調侃，笑著告訴大大伸個懶腰、放鬆身體的尤莉絲。

「饒了我吧……」

「那怎麼行呢，星導館當然得盡可能利用妳的頭銜打廣告囉。」

隆冬的空氣寒冷刺骨，呼出的氣息是白色的。

抬頭一瞧，只見一輪明月高掛在燦爛的飯店燈火彼端。

「話說會場明明有那麼多菜餚，卻完全沒時間享用呢……真是沒道理。」

「啊，那等回到宿舍後，要不要做點宵夜呢？」

「哦，不錯呢。」

「不過沒辦法準備太豪華的菜色……」

肚子似乎很餓的紗夜，露出難過的表情摀著肚子。綺凜露出苦笑安慰她。

眾人走在微光交織的庭園，隨口閒話家常。這時候走在最後面，看似獨自沉思的席爾薇雅突然停下腳步。

「……席爾薇？」

綾斗一喊，席爾薇雅便一度低下頭去，深深吁了一口氣才抬頭。

「嗯，其實我剛才很猶豫，但可能不再有這種機會了……好吧。」

然後席爾薇雅筆直注視綾斗，露出害羞的笑容。

「——我喜歡你，綾斗。可以的話，你願意當我的特別夥伴嗎？」

「！」

冷不防的攻勢讓綾斗不由得愣住。

在庭園小徑隱約微光照耀下，席爾薇雅美得讓人屏息。

「……哦，竟、竟然挑這種時間表白啊。」

「還當著我們面前講，真是膽大的情敵呢。」

「……真有妳的。」

「哇哇……！」

其他人似乎也相當驚訝，全都呆站在原地。

「因為大家都表白過自己的想法吧？這我都知道。所以我也要和大家站在相同的起跑線上。」

席爾薇雅這番話非常一心一意，而且專情。

所以綾斗也必須誠摯以對。而且如今所有事件都已經落幕，還得好好回答其他人才行。

不知不覺中，席爾薇雅以外的其他人也表情嚴肅，注視綾斗。

其實綾斗心中已經有了答案。

可是一旦要開口時，一股難以言喻的感覺就控制身體，讓綾斗喘不過氣。

綾斗注視尤莉絲、克勞蒂雅、紗夜、綺凜，以及席爾薇雅後，緩緩開口。

「我——」

第六章 全新的日子

——三年後，新開發區。

谷津崎匡子感慨良多地環顧嶄新的街道，走在大馬路上。

「話說改變得真是大啊，喂。」

這裡以前叫做再開發區。長年棄置的廢墟林立，曾經淪為不法分子的巢穴。如今已經徹底改頭換面。略顯時髦的建築比鄰，觀光客與學生們和睦地往來交錯。難以想像這裡曾經是充滿血腥與暴力的街道。

匡子出身雷渥夫，後來在星導館擔任教師，經歷相當特殊。以前她唸書時也不例外，曾經呼風喚雨過。當時匡子領導的女傑隊也在再開發區域稱霸一方。

「撇開傷感的話，其實一件好事……」

即使帶有些許寂寥，但是現在的匡子好歹算是教師。應該高興此地治安得到改善。

再開發區域原本因為《翡翠黃昏》的恐攻事件而荒廢。在各種利益衝突之下，善後處理長年停擺。於是雷渥夫的學生，以及從其他學園退學的不良分子逐漸盤踞此地。不久後其中一角開設許多非法店鋪，形成花街。以花街為資金來源的黑道與幫派便恣意橫行。他們與都市高層締結利害關係，不知不覺中沒人敢動他們。

改頭換面的契機還是三年前的《金枝午刻》事件。都市議會迫於需求，必須掃除恐攻事件的陰影。於是趁復興受損嚴重的港灣設施與大眾運輸，順勢重建再開發區——聽起來有點繞口令——當成新都市計畫的重點。

盤踞再開發區的非法組織當然不接受，堅決抵抗到底。他們肯定對計畫不屑一顧。畢竟以前推動過好幾次重建再開發區計畫，但是從未成功過。

可是這一次卻踢到鐵板。照理說雷渥夫享受再開發區最多好處，這次居然投贊成票。據說契機是雷渥夫學生會長的一句話。樫丸可羅奈代替當時失蹤的狄路克·艾貝爾范，代理學生會長一職。在這項計畫中，她在公開記者會上這麼回答。

「咦？減少不安全的場所當然比較好吧？我認為這對再開發區域是好事。」

她這句話實在天真到極點。絲毫不考慮自己的立場，純粹依照自己的情感發言。

事實上，可羅奈這個代理會長職完全是花瓶。她幾乎無力處理政務，卻因此完全依陽雪的意向切割。既沒有人期待她，也不認為她能有什麼作為。雷渥夫學生會長的任命權掌握在排名第一的學生手上。但當時奧菲莉亞在住院，算是權力真空期。所有人都認為她馬上會被換掉，根本沒人注意她。因此她才隨心所欲，天不怕地不怕地說出那句話。

既然最大的障礙親口承諾，都市議會便派出星獵警備隊，全力鎮壓再開發區。於是惡徒的天堂就此畫上句點。

當時抵抗最頑強的組織是《歐門・奈羅》。老大《碎星魔術師》勞德弗・佐波在激烈戰鬥後被天霧遙抓住，一時之間還曾經轟動新聞。

「噢，是這裡嗎？」

匡子駐足於座落於大馬路一隅的小咖啡廳前。面朝馬路的牆壁是一大片玻璃，呈現開放的感覺。相較之下金屬製的大門看起來別致又莊重。

「歡迎光臨——哇！谷津崎老師……!?」

臉上有鬍鬚的壯漢在櫃檯另一側。一看到匡子開門，頓時露骨地皺眉迎接。

「拜託，怎麼打招呼的啊，雷士達・馬可菲爾。我特地在你們開店紀念日前來捧場耶。」

「呃……沒有啦……非常感謝老師。」

「哼，居然還留了鬍子，和你不太合適吧。」

嘴裡嘟囔的同時，匡子坐在雷士達面前的椅子上。
環顧店內發現，座位數不多，但間隔很大。似乎設計成小店也能讓顧客可以放鬆。連對裝潢一竅不通的匡子都看得出來，桌椅等家具十分符合店內氣氛。
「看不出來你還滿有品味的嘛。」
「……全都是她包辦的。」
「我想也是。」
說著匡子哈哈大笑，手肘在櫃檯上撐著頭。
「話說那對……噢，叫兀兒塞絲姊妹吧。她們好像也在這附近開了店？」
「好像是。聽說評價很不錯，雖然我不太清楚。」
雷士達一臉不感興趣，哼了一聲。可能因為曾經是勁敵，不甘心老實地稱讚對方。
她們的店小巧玲瓏，主打自己國家的菜色。連對餐飲興趣不高的匡子都聽過風評。好像是便宜又美味，而且很有家庭的感覺。
「不過依蕾奈・兀兒塞絲待客的態度倒是很搞笑。」
姊妹檔經營的店鋪，由妹妹負責掌廚。反而是惡名昭彰的姊姊穿圍裙接待客人。這樣的確讓人想看看。

「拜託，剛才不是說不清楚嗎，結果你根本去過嘛。」

「呃，這個……因為陪人家去，我有什麼辦法……！」

「何況你的模樣也不適合待客吧，還好意思說人家？」

「唔……！」

啞口無言的雷士達似乎也有自覺。他的魁梧身軀看起來好像縮成一團，垂頭喪氣。

雷士達的模樣看得匡子苦笑後，略為露出嚴肅的表情開口。

「現在說這些似乎有點晚……但你不後悔嗎？你還有參加《星武祭》的資格。如果進入大學部，應該還有發展空間吧。」

「呃……那種程度就是我的極限了啦。」

「排名第五還好意思說『那種程度』？」

「那是因為！尤莉絲她……！」

剛才即使面露不滿，雷士達依然忍著。但是一提起這件事，頓時氣得一拳砸在櫃檯上。整齊排列在櫃檯角落的杯子同時發出刺耳的聲音。

之前在星導館的最後一次公式排名戰中，雷士達贏了尤莉絲。戰勝大滿貫得主當然掀起不小的話題，但雷士達似乎還難以接受那場比賽結果。

「尤莉絲並沒有放水吧。贏了就是贏了，你可以自豪。」

「……其實我也知道。」

表情依舊不悅的雷士達，轉過頭選擇逃避。

「怎麼啦……還真是熱鬧呢。」

——這時候，長黑髮的女性慵懶地從店鋪後方出現。眼角下垂的她顯得十分妖豔，卻也帶有幾分虛幻。

「嗨，梅麗莎。」

「什麼啊……原來是匡子妳來了。」

梅麗莎・史托勞克——不，她現在是匡子學生的老婆，梅麗莎・馬可菲爾。曾經是雷渥夫史上唯一一次稱霸《獅鷲星武祭》的鬼火隊成員，也是匡子的朋友。

「當然要來露個面啊。畢竟朋友當了媽媽呢。」

梅麗莎懷中的可愛寶寶正安穩地酣睡。

「哦，不愧是梅莉莎的小孩。長得真可愛呢。」

「……他也是我兒子耶。」

雷士達臉色更難看地嘀咕。不過從梅麗莎手中接過兒子後，雷士達慌張的同時，表情迅速緩和。

「和平常喝的一樣吧，匡子？」

「嗯，拜託了。」

梅麗莎穿上圍裙後，開始磨咖啡豆。

以前梅麗莎在花街經營咖啡廳。匡子當時也經常光顧，可能記住了匡子的喜好。即使在這間新店鋪，店長依然是梅莉莎，雷士達則是員工。

「回到話題來……你們也收到尤莉絲的邀請函了吧？」

「嗯，算是。」

剛當爸爸的雷士達，抱嬰兒的動作還顯得有點笨手笨腳。

「你要去嗎？」

「想太多了。我怎麼可能丟下剛開的店與她們母子，跑到萊澤塔尼亞去啊。」

「我是叫他別在意，儘管去沒關係，反正他在這裡也沒什麼不得了的工作。」

「唔……」

身後傳來毫不留情的嘴砲，聽得雷士達再度垂頭喪氣。梅麗莎的嘴砲的確很犀利，但她只會嘴關係很親的對象。當然她沒必要特地告訴別人。

「來，請用。」

梅麗莎端出的咖啡杯冒起馥郁的香氣，直衝匡子的鼻腔。

享受香氣的同時，匡子喝了一口咖啡。苦味不強，酸味較重。完全符合以前匡子喜歡的口味。

「嗯，真好喝。照理說應該會有更多顧客上門……」

說著，匡子環顧除了自己以外，空無一人的店內。

「今天日子不湊巧，平時可沒有這麼清閒喔？」

「是啊，今天顧客肯定都聚集在會場或街角的大型空間視窗吧。話說老師，妳不去會場沒關係嗎？」

「反正她又不是我的學生。雖然以前在《獅鷲星武祭》的時候，稍微指導過團對戰的技巧。」

這時候店門開啟，一名微胖的學生衝進店內。

「哇，冷爆了。雷士達，給我平常的……哇咧！谷津崎老師!?」

「原來是蘭迪．虎克嗎？」

他曾是雷士達的跟班之一，現在似乎還跟著雷士達混。

「話說怎麼我教過的學生一看到我，都會發出怪聲啊。」

「這不就證明了匡子妳是這樣的老師嗎？」

「呃……」

梅麗莎這次毫不留情嘴匡子。

雷士達與蘭迪不斷點頭，彷彿在說嘴得好。

＊

天狼星巨蛋，星導館學園特別觀戰室。

「──以上就是與E＝P相關的報告。」

英士郎說完後，他的主人──克勞蒂雅‧恩菲爾德微微一笑。跟著換翹起另一邊修長的雙腿。

「辛苦了，夜吹同學。亞涅斯特與黛安娜的婚約應該正式決定了吧。可以肯定那邊也是《星脈世代》寬容派占優勢……考慮到將來的情況，最好盡早先與艾略特同學協商吧。不知道能不能與列媞希亞搭上線……」

克勞蒂雅以手托著下顎，視線朝下仔細思考。

進入星導館學園大學部的克勞蒂雅，頓時成熟許多。但她並未失去原本柔和的氣氛，不知道她本性的新生，可能會覺得她是理想中的完美大姊。難怪不論男女都有不少人支持她。當然她的壞心眼似乎更加精明，在英士郎眼中只覺得她是魔鬼或惡魔的化身。

不過她依然一貫擔任學生會長，手段精明，能力無庸置疑。而且還是星導館史上第一次長期掌權。在其他學園中，只有例外中的例外，界龍的歷代《萬有天羅》能相提並論。

而且現在的克勞蒂雅不只是學生，還是學生會長，更擔任母親伊莎貝拉的祕書。不只身兼兩職，而是三職。如今比起Asterisk內部——六學園的情勢，她分析的情報更偏向於統合企業財團的動向。這樣能獲得更廣闊的視野，或許是著眼於畢業後進入銀河吧。

因此英士郎肩負的任務遠比以前困難許多。老實說，真讓人吃不消。

「那就馬上說明下一項任務……」

「呃，會長？如果少了我的話，影星會不會青黃不接啊？最近都沒有優秀的新人，我聽說影星缺人耶？」

目前英士郎與其說是影星的特務，更像是克勞蒂雅的私人密探。

刺探統合企業財團的任務相當艱辛，英士郎想接一些簡單的任務喘口氣。

「不用擔心。目前的情況很符合賽拉斯‧諾曼的能力吧。他就快要還清負債了，所以相當拚命喔。」

「唔……！」

隨著再開發區瓦解，Asterisk的黑社會也劇烈變動。具體而言，情報活動的比例增加，特務之間直接爆發衝突的機率降低。因此武鬥派黑貓機關與睚眥的勢力衰退，以特務見長的至聖公會議與瑤光星嶄露頭角。賽拉斯的能力是操縱人偶，因為可以透過人偶獲得情報，在這個時代更容易生存。

「你如果真的不願意的話，我倒是可以考慮……可是我委託的任務比較有意思吧？如今影星的任務你應該很快就膩了。」

「這……」

英士郎頓時詞窮。

『活得輕巧』是英士郎的座右銘。他不喜歡受到束縛，但也想盡量近距離觀察有趣的事物。英士郎當然知道魚與熊掌很難兼得。克勞蒂雅則很了解英士郎的個性，以及如何指使他。可能比英士郎自己更了解。

「不過的確該給你放個假，你也想要多點時間陪女朋友吧。」

「什麼!?」

見到英士郎愣住，克勞蒂雅咧嘴一笑。

「新聞社的前任社長……噢，現在是ABC的記者吧？偶然重逢發展成戀情，很羅曼蒂克呢。」

「會、會長怎麼知道這件事……！」

的確在不久之前，英士郎在某起事件的現場偶遇幾年不見的社長——應該說前任社長。不過這件事應該只有前任社長與英士郎知道。自己可沒有笨到會讓影星的遜咖逮住小辮子。

「呵呵，我的情報來源不只有你啊。」

見到克勞蒂雅的完美笑容，英士郎確信。

不久後的將來，克勞蒂雅肯定會晉升銀河的高層。

——這時候，兩人之間開啟告知訪客的空間視窗。

「噢，已經這麼晚了嗎？」

克勞蒂雅開門後，出現一名短綠色秀髮紮起的少女。

「感謝您的邀請，會長！」

一開口就聽到她充滿活力的聲音。

聽起來既純樸又快活，卻不會覺得土氣的少女是——

「歡迎妳來，芙蘿拉小姐。」

「似的！」

芙蘿拉．克蕾姆。曾在萊澤塔尼亞皇宮擔任侍女，以前尤莉絲的兄長派她來Asterisk。而且曾經遭到情報機構《貓》的綁架。當時她的年紀還小，現在身高已經長高不少。苗條又結實的身材顯示她經過紮實的鍛鍊。

今年春季，她已經進入星導館學園高等部，成為新生之一。

「會長邀請她？為何又找芙蘿拉妹妹來？」

「當然是讓她在最好的位置觀戰啊。」

在克勞蒂雅敦促下，芙蘿拉一敬禮，然後恭敬坐在椅子上。

「她──《華劍》可是今後背負星導館期待的新人。當然得讓她仔細看完整場比賽。」

「我、我會加油的！」

雙手微微握拳，芙蘿拉仔細注視依然空無一人的舞臺。距離比賽開始還有一段時間，由此可知她的個性率直。

「哦，會長還真是看重她呢。」

「當然啊。畢竟她是自從綾斗畢業後，《黑爐魔劍》的第一位使用者呢。」

芙蘿拉剛入學不久便擠進排名內。她的華麗劍技堪比嘉萊多瓦思的流派，聚集不少話題。不過最讓眾人驚訝的，是獲選成為《黑爐魔劍》的使用者。

自從綾斗畢業後，許多學生嘗試接手《黑爐魔劍》。不過難以伺候的《黑爐魔劍》不接受任何人，直到芙蘿拉出現為止。

「可是芙蘿──我、我還沒辦法完全活用它……」

芙蘿拉失望地垂頭喪氣，這也不能怪她。

連天霧綾斗都花了將近三年，才真正擁有《黑爐魔劍》。何況《黑爐魔劍》的代價是大量星辰力。若不是綾斗這種星辰力高得破表的人，連長時間啟動都很難。

芙蘿拉的星辰力似乎也超越平均值，但無法與綾斗相比。因此芙蘿拉只在關鍵時刻才啟動《黑爐魔劍》，更換武器。

「天霧先生真的好厲害……如今才發現這一點。」

聽到芙蘿拉如此嘀咕，克勞蒂雅一瞬間露出自豪的表情。眼尖的英士郎可沒有錯過。

（幸好她還有可愛的一面……）

「──怎麼了，夜吹同學？」

「不不不，沒什麼。」

克勞蒂雅的笑容魄力十足，彷彿看穿英士郎的心聲。英士郎急忙別過臉去。

「啊，話說回來……兩位都收到公主的邀請函了吧？請問兩位會參加嗎？」

想起這件事的芙蘿拉雙手合十，注視克勞蒂雅與英士郎兩人。

「嗯，當然。好久沒有直接見到尤莉絲了呢。」

「我如果沒有任務的話就會去。對不對，會長？」

說著英士郎瞥了一眼克勞蒂雅。克勞蒂雅假裝一臉無可奈何，刻意嘆了口氣。

「我知道了。那麼那段期間，我盡量避免安排任務給你。」

「歐耶！」

這樣就保證可以放假了。幹這一行，假期隨時可能受到任務擠壓，所以確定的假期非常寶貴。

「之後只要徵求天霧先生的回答就好……畢竟不知道怎麼寄邀請函給他。」

「這個啊……不過綾斗已經聽說了吧？」

「似的，這一點沒問題。聽說公主不久之前聯絡的時候，有提到這件事。」

「那應該沒有問題。綾斗不會這麼不講義氣。下次我聯絡的時候，也會順便問他。」

「非常感謝您！」

芙蘿拉綻放笑容，低頭致謝。

「哦，比賽差不多要開始了。」

在轉播員炒熱氣氛下，觀眾顯得更加熱情。

芙蘿拉表情嚴肅地湊過身體，克勞蒂雅跟著瞇起眼睛。

梁瀨咪子格外亢奮的音量響徹全場。

『——各位觀眾，本屆《王龍星武祭》終於到了決賽！究竟誰會創下全新的歷史呢！』

＊

獨自走在通往舞臺的陰暗通道上。

第一次走過這裡，是兩人。

第二次走過這裡，是大家一起。

過了幾年後，現在——刀藤綺凜獨自一人，隨著響起的鞋聲前進。

說不寂寞肯定是假的。當然也不免感到不安。

不論成長多少，變強多少，經過多久，綺凜依舊是綺凜沒變。

但綺凜覺得這樣就夠了。只要做自己，那一位在某處看著自己，就足夠了。

走過入場門，綺凜一度停下腳步，深呼吸一口氣。

然後一口氣衝過渡橋，降落在舞臺上，觀眾跟著同時沸騰。如今沒有紮起來，在身後飄逸的長銀髮閃閃發光。

『從東門瀟灑入場的是星導館學園排名第一！上屆《鳳凰星武祭》晉級四強，《獅鷲星武祭》與《華焰魔女》尤莉絲＝愛雷克希亞・馮・里斯妃特一同贏得冠軍，目前是第六代《劍聖》！成為Asterisk史上最強劍士的呼聲也很高，歡迎《疾風刃雷》刀藤綺凜選手！』

現在的綺凜氣力充沛。

即使之前有受點傷，但並不影響身體活動。

可是——綺凜依然沒有自信能戰勝即將要面對的對手。

「——」

來了。

不知不覺中身體使力，吞了一口口水。

對手明明剛走過大門，甚至還沒見到她的身影。但她壓倒性的力量已經讓站在此處的綺凜心驚膽顫。

她名叫——第三代《萬有天羅》，范星露。

『緊接著！從西門登場的是界龍第七學院排名第一！繼承傳說中《萬有天羅》名號的少女！擁有絕對的力量——雖然力量如此強大，但她因為年齡限制，在本屆《王龍星武祭》之前從未參加過《星武祭》。甚至極少公開露面，是界龍的頂點！現出廬山真面目後，輾壓至今所有比賽，證實了眾多傳聞。她就是范星露選手！』

從渡橋無聲無息跳到舞臺上，星露看著綺凜，露出滿足的微笑。

「嗯嗯……不錯，真不錯。練得相當好哪，不這樣就沒意思了。」

綺凜在三年前直接與星露見面。正好在上屆《王龍星武祭》結束後的招待會上。之後過了三年，星露成為亭亭玉立的少女。當然綺凜看過之前所有比賽，不是第一次見到她。不過近距離面對面後，還是感覺到明顯差異。

嬌小又嬌嫩的她個子不高，手腳修長。還有發展空間的身材十分結實。髮型讓人想起蝴蝶的翅膀，看起來和以前差不多，不過其他部分都修剪得很短。

「在上屆《獅鷲星武祭》準決賽與曉彗單挑，以及半年前與曉彗決鬥。兩場比賽都相當精采哪。」

「……不過決鬥表現還是差了一點點。」

實現之前的約定，綺凜在半年前接受《霸軍星君》武曉彗的雪恥戰。最後只差臨門一腳而落敗。

「呵呵呵！畢竟曉彗也提升不少實力啊。不過——妳如果拔出腰間的純星煌式武裝，勝負可就逆轉了哪。」

「這……」

當時綺凜的確沒有拔出《芙墮落》。應該說不能拔。

正是因為看穿了今天的比賽。

「無妨，反正老娘聽曉彗說，妳並沒有放水。也知道妳沒拔的原因。不過他倒是有點不服氣哪。」

說到這裡，想起趣事的星露咯咯笑，笑得前俯後仰。

「曉彗他啊，又離開界龍跑去修行了。他說那場比賽不算真正的勝利。結果鬧得虎峰和瑟希莉雞飛狗跳。因為雙胞胎被界龍總部收編，現在缺乏指導者。」

「咦!?意思是曉彗同學又休學了嗎……？」

綺凜倒是第一次聽過。而且如果自己就是原因，實在感到過意不去。

「別在意，這反而是好事。俗話不是說，要讓疼愛的孩子踏上旅程嗎？」

「是嗎……那麼請問他的修行之旅是去哪裡呢？」

「誰曉得。說不定會在某處巧遇《叢雲》吧。」

原來如此，的確有可能。

想像這幅光景的綺凜，不禁暗自微笑。

「好啦——因為老娘宣布要參加本屆《王龍星武祭》。妳和曉彗決鬥時才沒拔出純星煌式武裝，對不對？」

「嗯，沒錯。」

綺凜鎖定本屆《王龍星武祭》，使用最後一次《星武祭》參賽權。只要《萬有天羅》參賽，毫無疑問會在比賽中碰到她。因此克勞蒂雅禁止綺凜使用《芙墮落》。

「咯咯，真讓老娘開心啊。想不到第六代《劍聖》會如此提防老娘呢。」

「……您就不用謙虛了。星導館也有實際與您交過手的人。我已經詳細聽說過《萬有天羅》的力量有多強了。」

「哦，是嗎？是聽尤莉絲說的吧？她也真是情深意厚啊，前幾天還特地寄招待函給老娘——」

星露說到這裡，機械聲音宣告比賽即將開始。

「哎呀呀，不小心聊太多閒話了。在這裡是靠拳腳與兵刃對話——對不對，《疾風刃雷》？」

「——沒錯。」

綺凜點頭同意一臉無畏笑容的星露，然後前往開始位置。

不知不覺中，感覺身體比剛才輕盈一些。說不定剛才的對話是星露的關心。
當然即便如此，多半也不是為了綺凜著想。
（可能是為了盡可能享受這場比賽──）
那就好好滿足她吧。

「──《王龍星武祭》決賽，比賽開始。」

比賽開始的同時，綺凜便按住《芙墮落》的刀口。
紫電劈啪作響，灼燒四周的空氣。
綺凜使勁準備拔刀。但彷彿有條巨龍在手中掙扎，如果不咬緊牙根壓制，巨龍隨時會失控。
這也難怪。日本刀型純星煌式武裝《芙墮落》只要收在刀鞘內，就能儲存劍氣。不過劍氣愈多就愈難控制，據說儲存一個月就能匹敵四色魔劍。之前在《金枝午刻》與帕希娃・嘉多娜戰鬥時，靠著四個月份的劍氣戰勝《聖杯》。
現在的《芙墮落》大約儲存了一年份。
但是現在的綺凜，應該足以控制劍氣。

「喝啊————！」

綺凜氣勢十足地拔刀後，一瞬間狂風呼嘯，席捲舞臺。

「咯咯……咯咯咯咯！太棒了！好驚人的威勢！多麼剛猛的霸氣！老娘再也忍不住啦！接招吧！」

開心得臉頰泛紅的星露說著，雙手指骨一響——

（！消失了!?不對，在後方！）

即使《萬有天羅》的移動速度再快，也不可能完全逃過綺凜的千里眼。可能是瞬間移動的招式之類。

綺凜迅速往前跳，在空中扭轉身體，同時拔出《芙墮落》一閃。

「哦！第一次碰上就能應對縮地術嗎！」

瞬間出現在綺凜身後，星露的踢腿在空中飛舞。《芙墮落》的斬擊與踢腿交錯，直撲星露。但星露竟然在攻擊的同時躲過這一劍，她的體術厲害到難以置信。

然後星露直接衝進落地的綺凜懷中，使出右掌打。綺凜則以《芙墮落》擋住這一掌。即使並非《黑爐魔劍》，現在的《芙墮落》鋒利度也足以劈開萬物。以空手對劍鋒，照理說攻擊者會受傷。但星露僅略微一轉手腕撥開刀腹，接著揮出一記左拳。

「喝！」

綺凜繞到右方拉開半步間距，同時劈下《芙墮落》──砍得卻不夠深。只有輕飄飄的界龍制服袖子一刀兩斷，反而是星露的肘擊命中綺凜的心窩。

「嗚……！」

「呶！」

即使被撞飛，往上一砍的《芙墮落》刀尖依然在星露的胳膊留下淺淺的刀痕。緊接著。

綺凜吐出帶血的痰後，再揮刀一閃。

「唔！」

使出真本領的斬擊橫向斬斷舞臺半空中。星露雖然蹲下躲過這一刀，像蝴蝶翅膀紮起的頭髮卻掉了一撮在地上。

「……有一套哪。劍閃如此犀利，真可謂當代無雙的劍客。看老娘的。」

星露身邊的空間突然扭曲，憑空出現三種金剛杵──獨鈷杵、三鈷杵，以及五鈷杵。

「這是初代《萬有天羅》留下的仙具，業煉杵。來，接招吧。」

像衛星一樣，飄浮在星露身邊的仙具突然釋放。

速度快如飛彈，炸飛片刻前綺凜站著的位置。接著第二發、第三發來襲。

破壞力的確驚人。不過比起剛才在貼身距離與星露交手，倒是輕鬆一些。

更何況──

「破！」

綺凜面對逼近眼前的獨鈷杵，《芙墮落》使勁一劈。

「！竟然！」

一劍斬斷獨鈷杵後，一分為二的碎片在綺凜身後揚起盛大的煙塵，停止動作。

接著綺凜同樣斬落飛來的三鈷杵與五鈷杵。

「……竟然如此輕易斬斷仙具，真是超乎想像哪。」

「雖然體術不及您，不過要較量武器技術，我可不會退讓。」

說著綺凜以正眼持刀。星露發自心底露出愉快的表情瞪著綺凜。

「咯咯……！真敢說哪。那就嘗嘗看吧？」

星露臉上的笑容不再落落大方，顯得更加危險。

「開心點，這可是老娘的壓箱寶。連赫爾加．林多瓦爾都沒見過哪。」

她身邊的空間再度扭曲──但這次星露主動將右手伸進扭曲的空間。

然後像翻抽屜一樣掏來掏去，最後抽出右手。只見她的手中握著黑色的棒狀物。

「那是……？」

「嗯，在這個時代已經很陌生了嗎。這是鞭子的一種，叫做硬鞭。」

星露隨手朝綺凜一揮。

「而這玩意名叫——打神鞭。」

「!?」

隨後，某種巨大——大得驚人又無形的力量，宛如壓扁綺凜般迎頭砸下。

「咯、咯咯咯咯！」

綺凜舉起《芙蓮落》試圖擋住這一擊，卻感到相當沉重。實在無法反推，光是承受就耗盡全力。使勁站穩的雙腳在舞臺上踩出裂痕，沉下去，壓出巨大的陷坑。

不久後。

「呼……呼……呼……」

綺凜好不容易熬過這一擊。站在陷坑邊緣俯瞰綺凜的星露，跟著拍手叫好。

「竟然能撐住，值得稱讚。」

「……難道……難道是真正的？」

打神鞭。

綺凜聽過這個名稱。是封神演義的主角·姜子牙使用的寶貝。算是一種魔法武器。

Asterisk當然有不少純星煌式武裝的名稱，借鑒了古今中外的傳說武器。但當然只是借用概念而已。

但如果是真的……或者憑范星露的能力。

「當然貨真價實——雖然想這麼說，很可惜並不是。這是很久很久以前，仿照前往仙境的眾仙留下的遺物所打造。因此只能使用一次。」

說著，星露再度將手伸進異次元空間內。

「那麼接下來……化血神刀應該不錯。」

掏出的武器是滴著鮮血般的液體，劍身鮮紅色的刀劍。

「來，比賽才剛開始哪。可別告訴老娘，妳已經打不下去了啊？」

綺凜站起來調整呼吸，擦掉額頭的汗水後仰望星露。

「……比賽之前，我完全不認為自己能贏過您。現在依然這麼想。」

「哦。」

星露的眼神明顯帶有失望的神色。

「可是——我更要說，我也不認為自己會輸。」

「——」

這不是嘴硬。范星露的確強得可怕，綺凜並未達到她的領域。但這不代表認輸。

綺凜拔出配戴在腰間的雛丸，重新與《芙墮落》擺出二刀流的架勢。星露見狀隨即睜大眼睛——接著狂傲地大笑。

「咯咯咯……！說得好！好幾百年沒聽過這麼犀利的嗆聲啦！」

剎那間，綺凜與星露同時行動，彼此交鋒。

舞臺上劍氣呼嘯，兵刃交錯，籠罩在觀眾的狂熱氣氛中。

＊

「偷渡客？」

帕希娃・嘉多娜一抬頭，見到自己的直屬上司天霧遙一臉傷腦筋。

《王龍星武祭》終於落幕，星獵警備隊可以暫時喘口氣。但不代表Asterisk風平浪靜。即使帕希娃還是新人，依然接連幾天趕往現場。今天同樣剛回來，用餐完畢後不久。

不過對帕希娃而言，忙碌一點可以避免自己胡思亂想。

「嗯，偷渡。雖然很罕見，但對方尚未成年。我們已經先保護了她，但她沒有任何身分證件，也不肯告訴我們名字與原委。」

目前警備隊內，實力僅次於赫爾加・林多瓦爾隊長的依然是遙。不過她身上散發的平靜溫和氣氛，乍看之下不覺得她這麼強。當然如果有足夠實力，看穿遙的力量並不難。總之遙隨時都維持自然體，讓帕希娃覺得真正的強者就是這樣。

穩重又體貼，率直而堅強——與自己正好相反。

「只不過——右肩膀印著像是編號的數字。」

「！」

聽到這句話，帕希娃忍不住推倒椅子，猛然起身。

因為帕希娃的右肩膀以前也有管理編號。這是《研究所》所有物品的證明。

「……知道了，由我負責偵訊。」

「拜託妳囉。我會去向隊長報告，她就完全交給妳了。」

「明白。」

通常管理編號會在出貨時消除。除了出貨以外，管理物品離開《研究所》只有一個原因。

就是廢棄。

帕希娃快步走在警備隊總部的走廊上，同時不知不覺緊咬牙根。

《金枝午刻》事件之後，帕希娃被迫長期住院。遭到《瓦爾妲＝瓦歐斯》竄改的精神需要不少時間恢復，至今她依然不時閃過當時的記憶。

沒錯，她與《瓦爾妲＝瓦歐斯》完全占據自我意識的烏絲拉‧思文特不一樣。帕希娃依然留有當時的記憶。知道自己當時要做什麼，也知道有多麼罪孽深重，而且想逃都逃不了。

統合企業財團壓下了整起事件。另外醫學上也證明，帕希娃受到精神干涉能力的強烈影響。加上星導館學園的克勞蒂雅‧恩菲爾德力保，才有條件地免除帕希娃的懲罰。但這不代表原諒帕希娃的所作所為，何況她自己也無法原諒自己。

她也不敢繼續待在嘉萊多瓦思。即使夥伴挽留，她依然選擇退學。這時候向帕希娃招手的不是別人，就是星獵警備隊隊長赫爾加。

如果要贖罪，就保護這座都市與民眾吧——在赫爾加的遊說下，帕希娃同意加入。如今帕希娃成為警備隊的一員。

現在想起來，統合企業財團多半也認為交給赫爾加，比較容易監視自己。赫爾加討厭統合企業財團，財團也覺得她是累贅，但依然對她評價很高。這可能是原因吧。

但即使加入警備隊，不論怎麼努力工作，帕希娃依然難以原諒自己。這一天可能永遠也不會來臨。

就算是——

「——」

心中如此尋思的時候，不知不覺中帕希娃已經來到偵訊室門前。

轉換心情後，帕希娃敲門進入。

「啊……」

房間內站著一名少女，沒坐在椅子上。

一看到帕希娃，少女頓時瑟縮，膽怯地後退。黯淡的灰色頭髮亂七八糟，身上也髒兮兮的，一眼就看得出沒有任何人保護少女。年紀大約十二、三歲左右。

「嗯……？」

帕希娃感到不對勁，仔細凝視少女。

這讓少女更提高戒備，縮成一團。

（這是……）

雖然懷疑過，但八九不離十。可是這麼一來，又產生新的疑問。

「一一五七三三九四。」

「……咦？」

「是我以前在那裡時的管理編號。」

「！」

少女頓時睜大眼睛，回眸注視帕希娃。

說著帕希娃敦促少女坐下。少女即使有點猶豫，依然戰戰兢兢就座。她似乎稍微敞開了內心。

「我們可以聊聊嗎？」

「——為什麼來到這座都市？」

帕希娃直截了當地詢問。問少女名字與年齡沒有意義，現在重要的是她究竟在想什麼。

「那、那……那裡的人說不要我了……說我沒用，不、不要我了……所以在遭到廢棄之前……我、我拚命逃出來……」

少女斷斷續續的說話聲很微弱，還在發抖。

「然後……我、我不知道是在哪裡。不過在街上偶然看到……那、那叫《星武祭》嗎？《王龍星武祭》？總之畫面播放比賽內容……我、我覺得非常閃耀……覺得自己……也想站在那座閃耀的舞臺上……！所、所以才會……！」

不知不覺中，少女湊過身體說個不停。

「啊……！」

大概發現自己愈說愈激動，少女紅著臉，害羞地低頭縮回去。

「……是嗎？那我再問妳一個問題。」

帕希娃瞇起眼睛，平靜地開口。

「妳一直在隱藏自己的實力吧？」

「——！」

看得出少女倒抽一口涼氣。

但是這一點無庸置疑。帕希娃的眼力足以看穿任何虛偽。少女一直拚命隱瞞自己的力量。她目前的力量可能足以匹敵帕希娃。最重要的是，一般人根本不可能逃出那座《研究所》。

而且有這麼強大的力量，《研究所》不可能主動放棄。如果她的偽裝足以瞞過《研究所》的人員，肯定需要相當強的決心與才能。

換句話說，是少女自己選擇了廢棄一途。

「怎、怎麼會……？以、以前從來沒有人看穿過……」

少女一臉困惑，筆直注視帕希娃。

「為何要這麼做？」

帕希娃一問，少女便低下頭去，聲音小得像蚊子一樣開口。

「因、因為……我、我害怕……」

「害怕……是指害怕使用自己的力量嗎？」

少女點頭同意。

這明顯前後矛盾。她不敢使用自己的力量，卻僅看一眼就嚮往《星武祭》的舞臺，而且希望有朝一日上場。

可是帕希娃非常了解她的心情。

不是每個人心中的情感都能與願望共處。就是有人無法選擇任何一邊，卻又不敢割捨。

「我知道了。那麼問妳最後一個問題。」

帕希娃說完，暫時停頓一會後繼續開口。

「今後妳打算怎麼辦？」

聽到這個問題，少女轉過頭去欲言又止。本來即將再度開口，卻又搖搖頭。沉默了一段時間後，似乎下定決心抬起頭來。

「我、我……我也想參加《星武祭》！」

她的口氣很堅定，果決地表示。

「好啊，那我來幫助妳。」

「咦……？」

帕希娃伸出右手後，少女驚訝地睜大眼睛。

理所當然。對少女而言，帕希娃只是剛見面不久，連叫什麼名字都不知道的警備隊員。

何況帕希娃沒有這種權限。雖然遙讓她全權負責，但這明顯超出了她的職務。要是一不小心，可能不是挨罵或寫報告就能了事。

或許這只是替代。以前帕希娃救不了自己的夥伴，所以想拯救面前的少女，償還自己的過錯。

但這依然是帕希娃跨出的第一步。既不是《研究所》的一一五七三三九四，也不是《聖杯》的使用者《優騎士》，或是警備隊員。而是以帕希娃・嘉多娜這個人，基於主觀意志伸出的援手。

「…………」

少女注視帕希娃的手一會，才戰戰兢兢地輕輕握住。

她的手很嬌小，但是很溫暖。

帕希娃緊握少女的手後，以左手操作手機，開啟空間視窗。既然少女從《研究所》逃脫，代表她不僅沒有名字，更沒有國籍。再這樣下去肯定會移送到某個機構，然後十之八九成為不良分子的玩物。這個世界上不是沒有好人，但是會聚集大批孤苦無依的孩童，肯定都不是什麼好人。

要阻止這群敗類，需要強大的力量。

不是個人，而是組織的力量。

『——真是不得了，想不到嘉多娜學姊會主動聯絡。』

不久後，嘉萊多瓦思排名第一，現任學生會長艾略特・佛斯達出現在空間視窗。很久沒有見到他，如今艾略特已經完全是成熟的青年。個子高了不少，目前相貌堂堂，擔任嘉萊多瓦思的代表。

『好久不見了，學姊。』

艾略特的情人，諾愛兒・梅斯梅爾也在他身旁。

帕希娃與少女同樣下定決心，向兩人低頭。

「不好意思突然聯絡。其實有件事情無論如何都得拜託兩位……可以請兩位幫忙嗎？」

這名少女就是不久後大名鼎鼎的《虛稿魔女》。與星導館的《華劍》芙蘿拉・克蕾姆，界龍的《萬有天羅》范星露一同席捲《星武祭》。三人開創名為『三少女時代』的黃金時期，但那又是另一個故事了。

＊

「——大叔，先來三杯生啤酒。還有漬菜拼盤與高湯蛋捲。」

「好的！」

星期五的小酒館人聲鼎沸，幾乎座無虛席。

紗夜在店員帶領下，來到座席最後方有點年份的桌位旁。一身西裝的她盤腿坐下後，看都不看菜單直接點菜。若是第一次光顧的店，看到紗夜的外表可能會要求她出示身分證。不過這間店紗夜常來，所以不用擔心。紗夜的外表與三年前——應該說與六年前幾乎沒變，經常被當成未成年。

《落星雨》受災較輕的大都市，還有許多從舊世紀經營至今的店家。由於京都限制大規模都更，更能看出這種傾向。當然店家還是改建或整修過很多次。

「來，這是菜單。想吃什麼儘管點，幾乎都很美味。」

「…………」

另一方面，坐在紗夜面前的卡蜜拉顯得坐立難安，一臉難以言喻的表情。她和紗夜穿著相同的西裝，頭髮也比以前短。

本週末在京都召開落星工學國際會議，卡蜜拉與紗夜都出席。其實紗夜從星導館學園畢業後，沒有就讀大學部，而是選擇位於京都的工科大學。卡蜜拉等人算是遠道而來。

「怎麼了？」

「不是怎麼了……我不是說有話要告訴妳嗎？」

「嗯，儘管說吧。」

「……在這裡聊？」

「有什麼問題？」

環顧四周的卡蜜拉顯得吞吞吐吐。

「呃，總覺得……這裡不太適合聊私事。」

「可是妳的夥伴似乎很喜歡？」

紗夜望向卡蜜拉身旁。只見表情充滿興趣的艾涅絲妲在店內東張西望，同時眼神充滿好奇。

「好棒喔，我早就想光顧這種店了。榻榻米！欸，這叫榻榻米吧？呀～好棒喵～！我也想在自己的實驗室設置這種房間喵。」

艾涅絲妲也穿西裝，不過她是陪卡蜜拉來的，似乎不準備參加國際會議。兩人都已經從阿勒坎特學院畢業，接受聖母之索的金援，一直在自己的實驗室研究。

「況且這種地方反而適合聊私事。四周吵雜，不怕聲音傳出去。再說根本不會有人偷聽別人說話。」

「……是嗎？」

卡蜜拉似乎還有點懷疑，但還是放棄抵抗，聳了聳肩。

「話說艾涅絲妲．裘奈。想不到整天躲在實驗室的妳會來到這裡。」

自從三年前的《金枝午刻》後，艾涅絲妲就極少公開露面。紗夜會定期聯絡卡蜜拉，但很久沒有直接與艾涅絲妲聊天了。

「嗯？我覺得目標快達成了，所以出來走走也不錯。」

「是妳之前說的，基於長遠眼光的事先布局？」

「哦，原來妳還記得啊～」

艾涅絲妲夾起一塊店員送來的高湯蛋捲送進嘴裡，咧嘴一笑。

「其實在下一次《大會談》上，自律式擬形體的整合修法即將排進議程。哎呀～比我想像中還快喵～」

「修法……？」

「沒錯。自從《金枝午刻》事件後，各國都在推動擬形體的規範。可是都不符合現狀吧？所以要由統合企業財團主導，設置統一標準。」

畢竟發生過那種事件，強化擬形體相關規範很正常。可是對擬形體的需求不減反增。原因很簡單，任何人都知道，普通人只能靠擬形體對抗《星脈世代》。因此需求與供給，規範與活用混雜在一起，產生許多意見分歧。可是要修訂舉世共通的法律規範，哪有這麼簡單──

紗夜想到這裡，突然感到茅塞頓開。

「……原來如此，所以妳才利用金枝篇同盟嗎。讓擬形體參與大規模事件，強制讓議題提前啊。」

「這個啊，妳說呢？不過啊……比起普通人與《星脈世代》相互憎恨，不覺得這樣的結果更好嗎？」

「！」

金枝篇同盟的目的是讓普通人與《星脈世代》徹底決裂。由於阻止了奧菲莉亞，避免了悲劇發生。可是世人已經知道，《金枝午刻》是基於解放《星脈世代》而引發的恐攻之一，因此難免引發普通人與《星脈世代》的對立。因為擬形體執行恐攻，成為眾矢之的，才將對立局限在最小的範圍內。

「意思是這些都在妳的計算中？」

「怎麼可能，是純屬偶然，更應該說是運氣好啦。如果沒有妳們阻止計畫，一切都沒有意義。況且自律式擬形體的運用範圍愈廣，總有一天會發生類似的事件。所以盡早推動法律完善，不是比較好嗎？」

艾涅絲姐一隻手端起啤酒，哈哈大笑。

「……雖然我討厭妳，不過這一點我佩服妳。」

「喵哈哈，謝謝啦。不過我從以前就一直心想……為什麼妳一直討厭我啊？我做了什麼嗎？」

聽到這句話，紗夜手中的酒杯『咚』一聲使勁敲在桌上。

「妳忘記了嗎？」

「欸？」

「妳第一次與我們見面的時候——親了綾斗的臉頰一下。」

「啊，好像有這件事呢……拜託，那麼久的事情妳還念念不忘啊？不會吧，這麼會記仇喔～何況我聽說妳被那個劍士甩了吧？那有什麼關係。」

聽艾涅絲姐這麼說，紗夜一口氣喝光剩下的啤酒後，狠狠瞪著她並開口。

「大叔，再來一杯！」

「好的！」

然後紗夜隔著桌子湊過身體。

「可是我又還沒放棄。」

三年前的那一天，包括紗夜的所有人都被甩了。不只是紗夜，還有尤莉絲、綺凜，克勞蒂雅，以及席爾薇雅。

『大家抱歉。不過……從星導館畢業後，我想親眼確認普通人與《星脈世代》的面貌。說起來很不甘心，馬迪亞斯‧梅薩比我見多識廣，思考後才採取行動。既然我否定了他，那我就有責任。我必須負責證明自己是正確的。至少我覺得自己該這麼做，否則我難以接受，所以……』

說到這裡，綾斗向眾人低頭。

不知道這一趟旅途要多久時間，眾人也沒有義務等他。

老實說，紗夜覺得這樣很蠢，現在依然這麼想。不僅沒有必要這麼做，也沒有意義。可是——同時又覺得很符合綾斗的個性。所以沒有人責怪綾斗的回答，大家多半也還沒放棄。

「啊～可以到此打住了嗎？」

結果剛才一直默默喝啤酒的卡蜜拉打岔。

「我想開始聊正事了。」

「對了，妳有什麼事情要告訴我？」

紗夜切換思考敦促後，卡蜜拉輕咳了一聲才開口。

「我和艾涅絲妲打算一起建立新的研究計畫，希望妳務必能參加。」

「……研究計畫？」

「就是以人為手段開啟與那個世界通訊用的『孔穴』。」

「啊……？」

卡蜜拉的驚人回答超出紗夜的想像，讓紗夜都啞口無言。

「《大博士》已經成功以人為手段打開『孔穴』。可是別人實在無法模仿她的方法，需要另闢蹊徑。目前已經知道，理論上以穩定的高能量集束一定時間，就可以開啟『孔穴』。所以我需要……」

「換句話說，要我打造穿透『孔穴』的煌式武裝？」

紗夜搶先說出口後，卡蜜拉滿足地點頭。

「沒錯。」

聽得紗夜手盤胸前，暫時沉思。

這個提議很有趣。應該說好像很有趣……不過。

「我有兩個問題。」

「請說。」

「第一個問題，為何要找我。我可不像妳們這麼天才。」

紗夜以前在星導館的時候，靠煌式武裝吸引不少關注。但大多數都是父親創一的作品，即使紗夜有幫忙，也並非紗夜獨自完成。自己終究是還在唸書的學生，與卡蜜拉和艾涅絲妲不一樣。

「這個問題讓我回答吧！或許妳的確不是天才，但稱呼奇才絕不為過。這次我們想要的就是妳這種才能喵～」

微醺的艾涅絲妲代替卡蜜拉回答。

她似乎酒量不太好。

「……我知道了。那還有一個問題——妳說妳們要和那個世界通訊，究竟要透過什麼方法？」

「這——」

「肯定是使用擬形體吧。」

果然沒錯。既然艾涅絲妲支吾其詞，代表紗夜沒猜錯。

「對人類而言，與那個世界接觸似乎風險很高。所以我們打算先透過擬形體嘗試。」

「嗯……」

「雖然也很想詢問實際接觸過那個世界的人，但是很困難吧。」

根據紗夜所知，目前有三人接觸過那個世界。前兩人是奧菲莉亞・蘭朵露芬與《大博士》希兒妲・珍・羅蘭茲。第三人則是——

「好吧，我也參加妳們的計畫。」

說完，紗夜一口氣喝光第二杯中杯啤酒。

＊

Secret Caravan。

這場獨樹一幟的音樂會在開演前才會透露日期、地點與表演者。而且每次都邀請豪華又充實的演唱者，現在已經是門票開賣即告罄的人氣活動。

這次在澳洲的荒野舉辦長達三天的表演，今天正好是第二天。

「呀呵，情況如何？」

「哇！席爾薇雅……小姐!?」

席爾薇雅進入休息用的帳篷，原本在裡面放鬆的露薩盧卡成員頓時吃驚地站起來。

「席、席爾薇雅……小姐怎麼會在這裡!?」

「那當然……我是最後一天的神祕嘉賓啊。」

「不會吧——！我完全不知道……！絕對得去現場觀賞才行……！」

從蜜兒雪一臉驚訝的模樣，可知Secret Caravan真是保密到家。似乎連主唱歌手都不知道有誰會來。

「拜託，這可是大新聞耶！得趕快在網路上發布……！」

「不、不行啦！要是洩漏出去的話，不只是活動主辦，連理事長都會罵我們！」

圖莉雅掏出手機，一旁的瑪芙蕾娜急忙阻止。

「對啊，要好好偽裝一番，免得被人發現……」

「這樣也不行！」

瑪芙蕾娜動作流暢，搶走摩妮卡的手機。她還是一樣孤軍奮戰。

「可是……既然明天才上場，為何今天特地來到這裡？呵呵……是來偵查我們的吧？」

拜薇迅速擺出姿勢，聲音低沉冷靜地說出意義深遠，卻錯得離譜的質疑。

「不是啦。因為妳們露薩盧卡已經是名副其實的葵恩薇兒人氣第一樂團啦？我當然得來和妳們打招呼囉。」

席爾薇雅恭敬敬禮後，露薩盧卡成員們頓時一臉陶醉。

「沒、沒有啦？雖然的確是這樣吧？」

「這個，聽席爾薇雅……小姐這麼說，感覺還不錯呢。」

蜜兒雪與圖莉雅以食指搓了搓人中，害羞地轉過頭去。

「……是因為席爾薇雅小姐畢業，我們才變成第一吧。」

只有瑪芙蕾娜一人冷靜地吐槽。但她依然有點開心的模樣，看起來很可愛。

實際上，席爾薇雅與奈托涅菲爾並未進入大學部，而是從葵恩薇兒畢業。之後露薩盧卡的人氣就穩如泰山。即使瑪芙蕾娜吐槽，但是整支樂團的實力穩健提升。連席爾薇雅都覺得不能再等閒看待她們。

「然後啊……如果隊長能贏得排名第一就好了。」

「畢竟之前的排名戰被打得落花流水呢……真可憐……」

「唔……！」

摩妮卡一臉壞笑，拜薇表示同情。聽得蜜兒雪頓時失望地垂頭喪氣。

目前葵恩薇兒排名第一是《崩彈魔女》拜歐蕾特・溫伯格。不愧經過魍山泊的鍛鍊，在號稱『最弱學園』的葵恩薇兒簡直像開了無雙。
「妳們很吵喔，露薩盧卡。這裡沒有隔音，拜託安靜一點……咦，席爾薇雅？」
「哦，可羅艾也來了啊。」
一臉不悅進入帳篷的，是接任席爾薇雅成為葵恩薇兒學生會長的可羅艾．芙蘿克赫特。
「嗯。以前這裡的主辦單位就很照顧我，這次也邀請我來。」
「是嗎？美奈兔妹妹還好吧？」
「嗯，大家都很好。尤其太空科學研究開發機構重啟了之前擱置的太空開發計畫。美奈兔為了應徵太空人，正在努力念自己不擅長的科目。不過有柚陽教她，應該沒問題。」
不只這個國家，世界各國都重啟過時的太空開發計畫，並非偶然。透過《金枝午刻》事件，統合企業財團掌握了情報。包括萬應素的特性，以及位於月亮背面的巨大萬應精晶，才會得到將來必須進出太空的結論吧。
「妮娜擔任副會長經常輔助我。我能離開學園，也是多虧她的幫忙。只有蘇菲亞學姊畢了業，所以無法經常見面……」
「記得她現在是黛安娜．邦德品牌的專屬模特兒吧。身為模特兒新人，她的活躍超乎常規呢。」

從事演藝活動的葵恩薇兒學生，畢業後多半也會進入W&W相關經紀公司繼續活動。即使席爾薇雅已經畢業，不過製作與規劃行程的工作和以前一樣交給佩特拉。

「其實妳也一樣活躍啊，席爾薇雅？」

「我嗎？」

可羅艾手盤胸前，瞇起眼睛。

「這麼說有點不好意思，但我以前不認為妳從葵恩薇兒畢業後，粉絲會更多。當然妳唱歌很好聽，不論身為偶像，身為歌姬都是頂級的。但我一直以為妳的人氣基礎是身為《戰律魔女》，身為 **Asterisk** 學生的魅力。」

她的分析可能是正確的。應該說，實際上連席爾薇雅都這麼認為。

席爾薇雅・琉奈海姆是唱歌戰鬥的偶像。

「可是……妳畢業成為純粹的歌姬，席爾薇雅・琉奈海姆後，反而更展翅高飛。真是佩服妳。」

「我可沒有放棄戰鬥喔。舉辦《第三輪武會》這種表演賽的時候，我會受邀站在舞臺上。而且我也有持續鍛鍊自己。不過……我身為歌姬能更上一層樓，果然還是她的關係吧。」

對於席爾薇雅這句話，可羅艾也點頭同意。

「我也有同感。她──烏絲拉．思文特的曲子真的很棒。最重要的是，她很適合妳的歌聲……不，她和妳非常契合。」

《金枝午刻》事件後，烏絲拉在統合企業財團的監視下獲釋。雖然她是《瓦爾妲＝瓦歐斯》的實際受害者，立場依然難免尷尬。不過相較於長期遭受軟禁的拉迪斯勒夫．巴路托席克，財團對她的處置相當寬容。

烏絲拉剛從治療院出院不久，就如此提議。

『──雖然無法當作妳救我的答謝，但我願意提供自己的曲子給妳。妳願意接受嗎？』

之後烏絲拉便以作曲家的身分活動。

席爾薇雅要發動身為《魔女》的能力時，似乎必須唱自己寫的曲子。不過身為歌手的她，當然也會唱職業作曲家、作詞家經手的歌曲。

不過席爾薇雅一唱烏絲拉寫的曲子，隨即在全世界掀起空前轟動。每當唱烏絲拉寫的曲子，連席爾薇雅都感到心中充滿前所未有的充實感。

烏絲拉的曲子就是如此深得席爾薇雅的心。

一如當時──下雨的那一天，聽到的那首無名歌一樣。

（其實我希望烏絲拉也可以親自唱歌呢……）

席爾薇雅懇求很多次，烏絲拉卻始終不肯點頭。

即使不是她的責任，但《瓦爾妲＝瓦歐斯》的所作所為依然是她心中的坎。是她的身體擾亂了許多人的人生，這是無法否定的事實。

所以現在的席爾薇雅沒有表示意見。

烏絲拉很堅強。她肯定會靠自己面對，跨越內心的障礙。

畢竟她可是世界級歌姬，席爾薇雅・琉奈海姆的老師。

「噢……話說我聽理事長提過，席爾薇雅。聽說妳接受了萊澤塔尼亞的委託吧？」

似乎關心沉默的席爾薇雅，可羅艾主動改變話題。

「真是難得，妳居然會接受這種委託。」

席爾薇雅很少挑剔工作，但她經常推辭在典禮或儀式上唱歌的委託。這種工作既好賺，又能提升自己的名氣，所以佩特拉希望她多接一些。不過席爾薇雅擔心自己的歌聲會蓋過原本主角的鋒頭。

不過唯有這一次很特別。

「有什麼辦法？因為——情敵要登基成為女王，當然得認真幫她慶祝才行。」

他應該也會親臨會場。

所以席爾薇雅決定毫無顧忌，在她的重要舞臺上搶盡她的鋒頭。

畢竟她可是達成大滿貫的尤莉絲＝愛雷克希亞・馮・里斯妃特。

還有什麼比這樣的名人更值得搶鋒頭呢。

終章

——萊澤塔尼亞首都斯托萊爾，皇宮。

「哇！公主……不對，女王！您真是漂亮！」

一進入房間，身穿女僕服的芙蘿拉便雙手在胸前交握，輕輕蹦跳並開口迎接。

「別這樣，這可是陛下尊前。休得無禮。」

幫忙尤莉絲換衣服的年長侍女責備她，不過尤莉絲伸出一隻手制止。

尤莉絲確認自己映照在鏡中的模樣。晚宴用的純白禮服的確比典禮禮服優雅許多，更加凸顯自己修長又鮮豔的薔薇色秀髮。有人說自己比以前更加豔麗，不過尤莉絲認為當時自己非常拚命。或許只是臉上少了幾分冷淡也說不定。

「不、不好意思……」

對瑟縮的芙蘿拉面露苦笑，同時尤莉絲吩咐其他侍女退下。

「別放在心上，芙蘿拉。話說剛回國就讓妳辦這麼多事，真是抱歉。」

「不、不會！能幫忙公主——陛下，是芙蘿拉的本分！」

「能聽妳這麼說，真的幫了我的忙呢。今天的行程都很累人。」

邊留意剛換好的禮服別出現皺褶，同時尤莉絲坐在沙發上吁了口氣。畢竟今天從早上就搭乘馬車，繞行擠滿大批民眾的湖畔。前往大教堂展開一連串的加冕典禮。

加冕典禮涵蓋在大主教的面前宣示、蒙受戒指、權杖與王冠後，再以精油執行祝聖儀式，隨後再度乘坐馬車回到皇宮，從陽臺向聚集民眾打招呼，現在才剛換好衣服。剛才尤莉絲穿在身上的是加冕典禮用絲質禮服，以及天鵝絨典禮服，兩者都活動不便。還有幾名宮女幫忙掀起長長的衣襬，而且頭髮也梳得很整齊，總之非常繁瑣又累人。

再加上今天的行程才到一半。等一下還有兩場晚餐會，以及向國民發表演講。現在終於可以稍微喘口氣。

「話說大家都來了嗎？」

「似的！大家都到了，不過……」

說到這裡，芙蘿拉難以啟齒地低下頭去。

「天霧先生還沒來。」

「……是嗎？」

尤莉絲從星導館畢業後，就讀英國的兩年制大學，學習比較政治學等學科。回到萊澤塔尼亞後就一直輔佐兄長約伯特。期間與以前在星導館同甘共苦的朋友們維持一定聯絡。還和以席爾薇雅為首的其他學園朋友保持交流。卻很少聯絡綾斗，應該說想聯絡他也很難。似乎不只尤莉絲，其他人也是一樣。一個月一次，久的話好幾個月才一次以手機短時間交流。聽紗夜的說法，他經常碰上必須關機的情況，或是身處根本沒有訊號的場所。最糟糕的情況是手機損壞等原因。但這樣就讓人擔心，他究竟在做什麼。

「其實我有事情想告訴他……」

尤莉絲嘀咕後從沙發上起身，隔著窗戶眺望另一側的寬廣庭園。

「距離第一場晚宴還有一點時間。我去吹吹風。」

「似的，遵命。」

留下恭敬敬禮的芙蘿拉在房間，尤莉絲前往皇宮與離宮之間的寬廣庭園。如今尤莉絲依然會撥出時間親手整理，是她特別喜歡的場所。

距離春天的花季還有點早。不過花壇已經有花朵開始綻放，微微瀰漫著春神即將造訪的香氣。

太陽開始西斜，但這個時間還能感受到陽光的些許溫暖。

忽然一陣強烈的南風拂過庭園。

尤莉絲忍不住按住秀髮，閉起眼睛。

就在此時。

「——好久不見，尤莉絲。」

聽見懷念卻又耳熟能詳的聲音。

尤莉絲頓時睜開眼睛，只見面前——

「綾斗……」

一名青年不知何時站在尤莉絲面前。

可能由於略為晒黑，增強了精悍的印象，他的容貌比以前更成熟。體格似乎也更壯碩了一些，但多半因為跟著長高，看起來不算粗壯。他和以前一樣，散發溫柔又冷靜的氣氛。真要說的話，長長的頭髮隨意紮成一束，和他不太搭配。

看得尤莉絲一瞬間愣在原地，但隨即回過神來，露出挖苦的眼神瞪著綾斗，同時一臉苦笑。

「你似乎還是一樣擅長擅闖嘛？」

「哈哈……抱歉。因為這身打扮會被警衛攔下來。」

綾斗目前穿著遮住身體的舊披肩大衣，腳上穿著磨損的靴子。的確與正式服裝相差甚遠，穿這樣肯定進不了皇宮。

「拜託……當然啊。明明只要聯絡一下就可以解決。即使不聯絡我，聯絡克勞蒂雅她們也可以。」

「這個……」

只見綾斗掏出一支完全損毀的手機。而且不是單純的故障。犀利的痕跡明顯是刀劍砍出來的。

「你啊……之前到底在哪裡做什麼？」

一半擔心，一半錯愕，同時帶有幾分憤怒的尤莉絲質問。綾斗便露出打哈哈的笑容，難為情地別過臉去。他似乎不打算透露。

「……那麼至少也該打點一下行頭再來吧？這點最基本的常識總該有吧。」

「呃，其實……說來慚愧，其實我手頭沒什麼錢。」

聽得尤莉絲差點啞口無言。不過仔細想想，綾斗在各地流浪了三年，沒錢其實很正常。當然只要綾斗想賺錢，憑他的能力與知名度，賺多少都不是問題。但他沒這麼做，代表他的身處環境不允許他賺錢。

「其實我本來想遠遠眺望就好。可是……看到妳的容貌後，我實在很想親自見妳一面，當面向妳道賀。」

「！」

他還是一樣賊。聽到他這麼說，尤莉絲便無法進一步抱怨。

「……知道了啦，別說了。」

尤莉絲一隻手摀著臉，另一隻手揮了揮。

「不過……你似乎又變強了呢。」

透過手指的縫隙，尤莉絲以犀利的視線仔細觀察綾斗全身。

從他的身段就看得出來，星辰力的穩定程度非同小可。不只是身體，連精神都相當成熟。否則強大的星辰力無法像平靜無波的湖面一樣，完美控制在體內。

眼前的綾斗比以前——至少比三年前的實力不可同日而語，甚至有可能匹敵星露。力量如此強大，要瞞過警衛的耳目潛入應該輕而易舉。

「因為有許多機緣巧合。雖然比不上修行，不過經由曉彗的介紹，在隱者殿稍微學到一些鍊星術……不過很可惜，似乎不太適合我，所以我沒辦法運用自如。」

「什麼……？你見到《霸軍星君》了嗎？」

「他之前說去武者修行吧。既然偶然碰面，所以我暫時與他同行一段時間。他也變得相當強了喔。」

「哦，聽說他在決鬥中贏過綺凜……」

「他似乎對結果不太滿意。對了，提到界龍，我經過峨嵋山的時候還見到冬香小姐。當時與亞修達荷的人打了一架——」

懷念地聊起往事的綾斗說到這裡，突然摀住嘴。

「等等……你剛才說亞修達荷嗎？」

尤莉絲露出試探的眼神望過去，綾斗這才一臉說溜嘴的表情露出苦笑。

「呃……」

自從開始執政後，尤莉絲也聽過亞修達荷，知道他們是統合企業財團的亡靈。這個組織濃縮了財團邪惡的部分。以前與亞修達荷相關的事件全都不是好事。和這些份子發生爭執，肯定非同小可。

「……我先確認一件事。你應該沒有直接與統合企業財團發生衝突吧？」

「這個……目前應該還沒有吧……大概？」

可疑到不行的回答，聽得尤莉絲忍不住想抱頭傷腦筋。如果真的鬧大，尤莉絲接下來要推動的計畫也會付諸流水。

「——你聽好，綾斗，我有事情要告訴你。」

重新振作的尤莉絲開口，綾斗似乎也發現話題嚴肅，迅速收斂態度。

「噢，那麼在妳開口之前，我先說句話——再次恭喜妳，尤莉絲。沒想到妳這麼快成為女王呢。」

雖然這個回答有點掃興，但尤莉絲還是坦率地露出笑容。

「呵呵……也對。其實我也很驚訝。」

聽到尤莉絲這麼說，綾斗有些意外地眨眨眼。

「至今一連串流程都是兄長策劃的劇本。真是的，別看他那樣，其實他能力很強，真讓人火大。」

尤莉絲原本想透過輔佐兄長，改變這個國家。總有一天可能會繼承兄長的地位，但尤莉絲以為還要等很久。

結果某一天，約伯特突然很乾脆地宣布退位。躺在兄嫂瑪麗亞的大腿上，約伯特對驚訝的尤莉絲露出無力的笑容。

『尤莉絲，妳應該也發覺到了。多虧妳擴大了國王的權力，可以稍微強硬推動政策。但是很可惜，這就是我的極限了。我長年與統合企業財團關係匪淺，要是進一步推動改革，沒辦法獲得民眾支持。所以──我打算揭發所有之前攢在手中的貪汙與醜聞，帶著統合企業財團的走狗們一起上路。』

說到這裡，約伯特的表情反而神清氣爽。

理所當然，萊澤塔尼亞的財政界陷入空前混亂。尤莉絲趁亂即位的同時，事先打通各處關節。搶在統合企業財團調教新的走狗之際，成功通過幾項重要法案。

「其中之一就是廢除君主制。我將成為末代女王，萊澤塔尼亞要走向共和制。」

萊澤塔尼亞這個國家本來就是統合企業財團借屍還魂，充當傀儡用的。照理說早就該乖乖回歸歷史的塵埃，可是的確有人在這裡生活。他們應該有權利決定自己的未來。

所以尤莉絲為了事先準備，才登基成為女王。

如果只會向財團搖尾乞憐，是無法推動的。

雖然稍微多了些權力，但不論尤莉絲怎麼掙扎都無法抗衡統合企業財團。只有財團才能對抗財團。

「在Asterisk的經驗非常有意義。六間學園在那裡競爭霸主地位，因此得以維持平衡，那麼只要在這個國家重現相同的情況即可。我已經通過了相關法案。」

萊澤塔尼亞同樣是一座微縮庭園。六間統合企業財團在此追求名為利益的霸權。

沒錯，統合企業財團追求利益高於一切。因此財團間經常聯手，彼此協調。但他們的本質卻不一樣。統合企業財團的本性是渴望更多利益的野獸。財團的終極目標是驅逐其他財團，讓自己的經濟圈擴大至世界所有角落。這才是統合企業財團的本能，協調與合作只是出於理性的妥協。

尤莉絲的任務就像馴獸師，時而安撫，時而驅使這些野獸。

「當然這是一條危險的道路。如果有任何差池，有可能演變成波及全國的事件。我自己可能也有危險。」

說到這裡，尤莉絲吁了一口氣，然後轉身面對一直默默聽的綾斗。

「話說……這個，你……還打算漫無目的地在全世界晃蕩嗎？」

聽到尤莉絲突然改變話題，綾斗雖然一臉吃驚，但依然扠起手沉思。

「嗯~這個……其實我正好在思考，要不要暫時安頓一下……」

「是、是嗎……！那麼回到剛才想問你的問題吧……呃……要、要不要來我這裡……你覺得如何？」

「咦……？」

「沒、沒有，不是啦！我不是那個意思，而是……對了，保鑣！我現在在徵求私人保鑣！如我剛才所說，我和身邊的重要對象，今後不知道會發生什麼事。不過你應該知道——我已經不是《魔女》了。保護我自己另當別論，但我很難保護其他人。」

「這……」

表情沉痛的綾斗想說些什麼。但尤莉絲搶先開口打斷綾斗。

「不，沒關係。這不是逞強，因為我毫不後悔。」

那一天——自從與奧菲莉亞決鬥的決賽後，尤莉絲就失去了《魔女》的能力。不知道是超越極限使用能力，還是當時一瞬間窺見那個世界的緣故。由於還留有身為《星脈世代》的力量，不算手無縛雞之力，但是戰鬥能力已經大幅下滑。

即便如此。

「我的確已經無法再讓火炎之花綻放，但是有朋友代替我培育更相襯的花。對我而言這樣就足夠了。」

說著，尤莉絲望向庭園彼端，湖泊的對岸。該處有一座小型孤兒院，白髮紅眼的女性——與尤莉絲一樣失去《魔女》能力的朋友，依然在舊溫室內照顧五顏六色的花卉。這就是尤莉絲在《王龍星武祭》奪冠後許的願望。

發現綾斗以溫情款款的視線看著自己，尤莉絲『嗯哼』輕咳了一聲。

「回到話題來……怎麼樣？既然你的目的是仔細觀察《星脈世代》與普通人的面貌。某方面而言，這個國家可能是最適合你的地方。畢竟《星脈世代》擔任國家元首喔，世界上其他地方都找不到呢。」

話中帶有幾分自虐的尤莉絲說到這裡，得意地挺胸。

「換句話說，尤莉絲這次要以女王的身分，在這裡展開全新的奮鬥嗎？」

「……嗯，就是這樣。差不多。」

敵人——並不是統合企業財團。

他們是野獸，但同時也是體系。沒有善惡之分，只要在必須時刻利用即可。如果真的有必須奮鬥打倒的對象，那就是建立體系的世界與群眾的樣貌。而且肯定與綾斗想看清的事物一樣。

「那我就沒有理由推辭了吧。」

說著，綾斗露出與那一天相同的微笑。

「因為我發誓過要保護妳呢。」

「——！」

尤莉絲知道自己面紅耳赤，依然伸出右手試圖掩飾。

「既然要向女王效忠，是不是應該單膝跪地，親吻手背？」

「呵呵，這樣也不壞……但我們之間應該有更適合的形式吧。」

沒錯，尤莉絲想與綾斗平起平坐。否則就沒有意義了。

綾斗也舉起右手握拳，與尤莉絲輕輕相碰。

「——明白。」

兩人視線交錯，不約而同笑出聲。

就在此時。

「啊！天霧先生！」

芙蘿拉的高亢聲音響徹庭園，熟悉的面孔與芙蘿拉一同走過來。

「哦，綾斗，你果然來了啊。」

「哎呀，竟然與女王陛下密會，這可不能坐視呢。」

「這、這個，綾斗學長，您看起來變得更強了……」

「欸，不可以偷跑喔，女王陛下。」

「——真是的，一下子變吵鬧了呢。」

尤莉絲雙手扠腰，露出連自己都感到不可思議的無力苦笑。

「我們走吧，尤莉絲。」

說著，綾斗即將走在前方。不落人後的尤莉絲跟在他的身邊。

站在身邊，並肩而行。

這才是尤莉絲目前絕不退讓的願望。

後記

各位好，我是三屋咲悠。

本作品《學戰都市Asterisk》終於順利完結。從第一集開始長達十年，真的非常感謝支持到最後一集的各位讀者。畢竟是最後一集，後記會有點長。另外這次同樣有暴雷的成分，尚未看完主線劇情的讀者敬請注意。

首先由於本作品完結，請出版社製作了促銷用的影片。影片中發表了『Asterisk未採用篇章排行榜』。內容是針對本作品的現有粉絲，有時間的話敬請各位看看。影片內由於有時間限制，第一名在這篇後記內發表。那就在此宣布，第一名為〈聖誕節約會篇〉。這是承接第七集與席爾薇雅在學園祭約會的橋段，分別與尤莉絲、紗夜、克勞蒂雅與綺凜在聖誕節約會。時間上原本要插在第十集與第十一集之間。最後未採用的原因很多，最重要的原因是希望盡快開始《王龍星武祭》。不過現在回顧，覺得當初應該先寫下來才對。畢竟主線劇情中幾乎沒有與季節相關的活動。早知道當時就至少寫個聖誕節……！

本書前半是綾斗與尤莉絲雙方的最終決戰，後半算是故事後話。我個人特別喜歡看後話，當初原本想寫一整集的終章。結果開始寫《王龍星武祭》後，發現內容暴增超出預期，導致最終決戰延後了。不過倒是很早就決定檯面上由尤莉絲與奧菲莉亞打決賽，同時綾斗與馬迪亞斯在檯面下對決。最後好不容易實現，才終於可以鬆口氣。另外馬迪亞斯在主線劇情中對綾斗大言不慚，說型式與絕招很無聊。不過金枝篇同盟的命名者就是馬迪亞斯，代表他本來也喜歡這一套。所以他其實有偷偷幫《赤霞魔劍》的絕招命名。由於主線劇情中無處安插，就在這裡公布吧。碎片自動防禦的招式叫《金枝》，包圍攻擊叫《荒地》，蛇腹劍是《死月》，構築武器則是《弒逆》。

原本想盡可能讓更多角色在後話中登場。可是一寫起來發現頁數根本不夠，最後只得忍痛割愛。像是界龍雙胞胎為何會前往統合企業財團總部，外傳篇的赫夜隊成員現況。以及冬香在峨嵋山做什麼，英士郎與部長的關係。還有阿爾第等自律式擬形體與新型自律式擬形體，想寫的內容實在太多了，好可惜。

關於戀愛橋段，最後一幕算是進入了尤莉絲路線。不過其他女主角都沒有放棄，將來還有機會逆轉，但現在由尤莉絲大幅領先。如果其他女主角旁觀，不久後綾斗與尤莉絲應該會結為連理。但她們應該不會這麼老實吧。

《學戰都市Asterisk》一如名稱，是以Asterisk為舞臺的故事。人總有一天會畢業，無法一輩子待在學校，學校就是這樣的地方。綾斗等人已經大致結束在學園該做的事情，所以先行謝幕離場。但即使換個舞臺，他們的故事依然會持續下去。其中一例就是萊澤塔尼亞。帕希娃的後話中有稍微提到，Asterisk還是Asterisk，新世代的學生依然會上演全新的篇章。

我個人非常喜歡Asterisk的世界觀。希望將來有機會透過某種形式，發表與這個世界相關的作品。到時候敬請各位讀者多多指教。

最後是致謝詞。

首先當然是提供插圖、人設的Okiura桑。本集的封面與插圖畫得超棒，堪稱集大成。如今回顧前面的集數，覺得每一幅作品都閃閃發光。如果少了Okiura桑的力量，Asterisk這部作品就無法成立。真的，不論怎麼感謝都不為過。

本作品同樣有幸推出漫畫版，真的很感激。負責主線劇情漫畫版的にんげん桑，以及外傳《葵恩薇兒之翼》的茜錆桑，感謝兩位繪製的優秀漫畫。

另外動畫化對我有很大的影響，許多元素也反饋到原作。小野學總監、瀨藤源治監督，綾斗的聲優田丸篤志先生，尤莉絲的聲音加隈亞衣小姐、紗夜的聲優井澤詩織小姐、克勞蒂雅的聲優東山奈央小姐，綺凜的聲優小澤亞李小姐。還有席爾薇雅的聲優兼唱第二季片尾曲的千菅春香小姐，負責唱主題曲的西澤幸奏小姐，A-1 Pictures 與 Aniplex 的各位。遊戲《學戰都市 Asterisk Festa》、手遊《閃耀群星》的相關人士，以及其他眾多同仁、表演者，非常感謝各位。

當然還有最盡力讓這部作品問世的ＭＦ文庫Ｊ編輯部同仁——有幾位目前已經離開ＭＦ文庫Ｊ編輯部。當初成立企劃的Ｓ責編，第一集初稿完成前和我討論許多次的Ｏ編，實質上讓我與 Okiura 桑共同創作 Asterisk 的Ｉ編，現任並且陪我到最後一刻的Ｏ責編。還有負責監修冬香京都腔的Ｓ女士，構成、營銷的諸位，之前給各位添了不少麻煩。真的非常感謝各位。

加上一直在背後支持我的家人、朋友們。以及我的創作師傅，漫畫家冰川碧流桑，以及讓我與出版結緣的遠藤海成桑。感謝各位。

最重要的，當然還有一貫支持《學戰都市 Asterisk》這部作品，支持綾斗與尤莉絲等人直到最後的各位讀者——這十年來，各位的感想在背後為我提供了數不盡的推動力。再次向各位致上最高的謝意。

希望有緣能與各位再見。

二〇二三年五月　三屋咲悠

後記

陪伴 Asterisk 這部作品
前後長達了十年呢。

總之最重要的是三屋咲桑辛苦了。
抱歉給您添了不少麻煩
不過能一同迎向最後一集，
真的非常感謝。

同時也非常感謝熱愛 Asterisk
這部作品的所有讀者

向各位表達自己
這一刻的
心情。

最後畫一個
升學後打扮成這樣
經常帥氣登場的
綺凜妹妹

2022.5月

Okiura

浮文字

學戰都市Asterisk（17）六花團圓

（原名：学戦都市アスタリスク17 六花団円）

作者／三屋咲悠　封面插畫／okiura　譯者／陳冠安
執行長／陳君平　榮譽發行人／黃鎮隆
協理／洪琇菁　國際版權／黃令歡
總編輯／呂尚燁　美術主編／陳姿學
執行編輯／石書豪
出版／城邦文化事業股份有限公司　尖端出版
台北市中山區民生東路二段一四一號十樓
電話：（〇二）二五〇〇七六〇〇　傳真：（〇二）二五〇〇二六八三
E-mail：7novels@mail2.spp.com.tw
發行／英屬蓋曼群島商家庭傳媒股份有限公司城邦分公司　尖端出版
台北市中山區民生東路二段一四一號十樓
電話：（〇二）二五〇〇—七六〇〇（代表號）
傳真：（〇二）二五〇〇—一九七九
中部以北經銷／楨彥有限公司
電話：（〇二）八九一九—三三六九
傳真：（〇二）八九一四—五五二四
雲嘉經銷／智豐圖書股份有限公司　嘉義公司
電話：（〇五）二三三—三八五二
傳真：（〇五）二三三—三八六三
南部經銷／智豐圖書股份有限公司　高雄公司
電話：（〇七）三七三—〇〇七九
傳真：（〇七）三七三—〇〇八七
一代匯集／香港九龍旺角塘尾道六十四號龍駒企業大廈十樓B＆D室
電話：（八五二）二七八三—八一〇二
傳真：（八五二）二七八二—一五二九
馬新經銷／城邦（馬新）出版集團　Cite(M)Sdn.Bhd.
E-mail：Cite@cite.com.my
法律顧問／王子文律師　元禾法律事務所
台北市羅斯福路三段三十七號十五樓
二〇二三年十月一版一刷

■中文版■

郵購注意事項：
1. 填妥劃撥單資料：帳號：50003021戶名：英屬蓋曼群島商家庭傳媒(股)公司城邦分公司。2. 通信欄內註明訂購書名與冊數。3. 劃撥金額低於500元，請加附掛號郵資50元。如劃撥日起 10～14日，仍未收到書時，請洽劃撥組。劃撥專線TEL：(03) 312-4212 ・ FAX：(03) 322-4621。E-mail：marketing@spp.com.tw

國家圖書館出版品預行編目資料

學戰都市Asterisk / 三屋咲悠 著 ; 陳冠安 譯.
--1版.--臺北市：尖端出版, 2023.10 面 ; 公分.--(浮文字)
譯自:学戦都市アスタリスク
ISBN 978-626-377-015-7(第16冊 : 平裝). --
ISBN 978-626-377-016-4(第17冊 : 平裝)

861.57 112012402